Der Fluch der Eris

Meeresrufen

Linnea Bennett

Deutsche Erstausgabe Mai 2021

Copyright © Stefanie Zainer
Lektorat: Yvonne Rose
Korrektorat: Stefanie Zainer
Covergestaltung: © Kristina Licht – Coverdesign
Bildmaterial: 123rf.com

Auflage 1 / 2021

Herstellung und Verlag: BoD - Books on Demand, Norderstedt.
ISBN: 978-3-7534-9711-2

Impressum:
Stefanie Zainer
Teesdorferstraße 4
2602 Blumau-Neurißhof

© 2021

Poseidon & Amphitrite

Gefangen im Dunkel der

Vergessenheit, ist es *Liebe,* die

rettet und erlöst

Prolog

it schnellen Schritten eilte Poseidon durch die Gänge seines Palastes, der sich in den Tiefen des Meeres befand und abgeschirmt von menschlichen Blicken war. Stille herrschte, nur seine Schritte hallten durch die Flure. In seiner Hand lag sein Dreizack, den er stets mit sich zu führen pflegte.

»Amphitrite!«

Ein Knurren rollte über seine Lippen. Er suchte sie schon länger, doch noch hatte er sie nicht finden können. Das war ihm noch nie passiert.

Seine Frau war störrisch, das war Poseidon bekannt, aber er hatte stets gut mit ihr umgehen können. Abermals knurrte er und blickte in sämtliche Räume, die leer vor ihm lagen.

Er spürte, wie Wut in ihm hochkam, als er weiterging und den nächsten Ort aufsuchte: das Schlafgemach. Es lag am weitesten von der Thronhalle entfernt.

Sie verbrachte viel Zeit damit, sich vor der Frisierkommode zurecht zu machen. Womöglich war sie wieder dort und hatte die Zeit vergessen.

Als er vor der Tür stand, stieß er sie mit einer schnellen Bewegung auf und blickte in das Innere des Raumes.

Er war leer und doch verwüstet. Pinsel, an deren Ende sich Farbreste befanden, lagen auf der Erde verstreut, ebenso wie Muscheln und die Krone seiner Frau lag auf dem großen Bett.

Amphitrite, Poseidons Frau, verließ den Palast nie ohne ihre Krone. Er runzelte die Stirn, als er weiter in den Raum ging, nach den einzelnen Muscheln griff und diese zwischen seinen Fingern drehte. Sein Blick fiel auf den Zweig eines Olivenbaums, ein Geschenk Heras, der neben der Frisierkommode stand. Er blühte nicht und hatte nur noch wenige Blätter. Das konnte nichts Gutes bedeuten, denn er stammte direkt vom Olymp und sollte niemals verblühen. Seine Finger schlossen sich fester um die Muschel, die zwischen seinem Griff zerbrach.

Übelkeit überkam ihn, als er die Scherben zur Seite legte und zu dem kleinen Balkon ging, von wo aus man direkt ins Meer sehen konnte.

Poseidons Palast war gänzlich unter Wasser und doch erinnerte er an ein normales Anwesen, denn eine Schutzmauer umgab sein Zuhause und schirmte es vor dem Meer ab.

Vor dem Balkon schwammen Fische und Delfine eifrig hin und her. Sie wirkten unruhig. Poseidon war misstrauisch, immerhin waren diese Tiere sonst nicht aus der Ruhe zu bringen. Amphitrites Gefährte, ein grauer

Delfin namens Demian, trieb vor dem Balkon, blickte traurig zu ihm und das Blut gefror in Poseidons Adern. Er sah aus, als wollte er ihm etwas mitteilen, doch als Meeresbewohner konnte er den Palast nicht betreten. Und Poseidon war in seiner Rage nicht auf die Idee gekommen, nach ihm zu sehen.

Poseidon ging weiter, sprang vom Balkon ab und stürzte sich ins Meer. Die Kälte spürte er nicht, als er die Hand auf den Kopf des Delfins legte, der ihn mit klaren Augen musterte.

Eine Vision durchzuckte seine Gedanken und er sah Amphitrite, wie sie an Land gegangen war. Die Bilder verschwommen vor seinen Augen und gingen in markerschütternde Schreie unter. Er schauderte und ließ von Demian ab, der sich seinen Artgenossen anschloss.

Wut pulsierte in den Adern des Meeresgottes, als er einen lauten Schrei ausstieß und seinen Dreizack auf den Grund des Meeresbodens schleuderte.

Ein Beben ging durch die Meere, Wellen erhoben sich und fluteten die Küsten und Städte. Er tobte, tobte vor Verzweiflung und Wut und das Meer, das tobte mit ihm.

*V*iele hundert Jahre später, nachdem die Brüder Zeus, Hades und Poseidon ihre Ehefrauen und einen Großteil ihrer Macht eingebüßt hatten, erblühte der Olivenbaum zum ersten Mal.

Die Prophezeiung Nemesis besagt, dass dieser Baum nur einmal blüht und jenes Zeitfenster öffnet, in dem es möglich ist, die ursprüngliche Macht zurückzuerhalten. Sie ist an die Liebe der verlorenen Frauen gebunden, die zugleich die Herrscherinsignien wirkungslos machten.

Zart sind die Knospen, die sich an die Oberfläche kämpfen. Zarte Knospen, die Hoffnung erwecken und Träume beflügeln.

Instinktiv hob Marea die Hand über ihre Augen, die von der strahlenden Sonne geblendet wurden. Sie kniff sie zusammen, während sie langsam über die Stufen schritt, die vom Flugzeug aus hinab führten. Sie konnte das große Gebäude des Flughafens bereits sehen, zu welchem sie ein Shuttlebus bringen würde.

»Komm, trödle nicht immer so«, sagte Grace, ihre beste Freundin. Sie griff nach ihrer Hand und zog sie direkt mit sich. Marea ließ sich das nicht zweimal sagen. Sie lächelte und beschleunigte ihren Schritt, um mit ihrer Freundin mithalten zu können, die stets schneller war als sie.

»Es nützt uns nichts, wenn wir uns beeilen. Die Koffer werden deshalb nicht früher dort sein.«

Grace zuckte mit den Schultern.

»Na und? Aber trödeln bringt uns noch weniger etwas, meinst du nicht auch?«, fragte sie grinsend, wobei sie sie weiter mit sich zog. Lachend stieg Marea in den großen Bus, in welchem sich bereits andere Passagiere quetschten und hielt sich an einer der Stangen fest.

Grace tat es ihr gleich, während sich noch weitere Fluggäste in den Shuttlebus schoben. Das Flugzeug war relativ voll gewesen, nur ein paar Sitze waren leer geblieben, doch das überraschte Marea nicht.

Immerhin war es Sommer, Ferienzeit und viele Familien machten mit ihren Kindern Urlaub. So wie Grace und sie. Nur, dass sie keinen Familienurlaub geplant hatten.

»Ich kann es kaum erwarten, heute Abend um die Häuser zu ziehen«, sagte Grace grinsend, wobei Marea lachen musste. Offenbar hatte ihre beste Freundin den Grund ihres Urlaubs nicht vergessen.

»Wir sind noch nicht einmal im Hotel angekommen und schon willst du ausgehen!«, rügte Marea Grace lachend, doch diese zuckte mit den Schultern und grinste.

»Marea, wir sind nur eine Woche hier! Wir müssen uns die Zeit gut einteilen, damit wir alles schaffen, was wir vorhaben!«

Eigentlich hatten sie nicht sonderlich viel geplant. Marea hatte den Wunsch geäußert, sich die Sehenswürdigkeiten anzusehen, während Grace sich am Strand sonnen lassen und abends das Partyleben genießen wollte.

Sie hatten einen Kompromiss geschlossen und wollten beides miteinander verbinden. Marea war sich sicher, dass sie auf alle Wünsche eingehen konnten. Immerhin waren die Sehenswürdigkeiten rasch angesehen und die Strandbesuche schnell erledigt.

»Du machst dir zu viele Gedanken!«, sagte Marea lachend, doch Grace schüttelte den Kopf.

Ruckelnd kam der Bus zum Stehen und Marea stieg zusammen mit ihrer Freundin aus. Sie folgte der Menschentraube, die sie zu der Gepäcksausgabe brachte.

»Ich bin froh, dass wir uns die nächsten Wochen nicht mit Büchern und Lernen beschäftigen müssen«, sagte Grace, während sie sich neben das Förderband stellte.

Marea konnte ihr nur beistimmen.

»Ja, aber die Ferien vergehen schneller, als man es sich vorstellt.«

Sie hatte ihre Freundin Grace bei dem gemeinsamen Studium kennengelernt. Zusammen studierten sie in London Geschichte, weshalb es sie nach Athen verschlagen hatte.

Grace gab es nur ungern zu, aber auch sie liebte die alten Geschichten und Sehenswürdigkeiten ebenso sehr wie Marea.

»Ich war noch nie in Athen«, erzählte Marea, als bereits die ersten Gepäckstücke auf dem Förderband erschienen und an den Passagieren vorbeirollten.

»Ich auch nicht, aber es wird bestimmt großartig werden«, erwiderte Grace grinsend. Sie lehnte sich nach vorn und schnappte sich ihren schwarzen Koffer, an welchem sie ein paar Aufkleber befestigt hatte.

Mareas Koffer ließ noch auf sich warten.

»Das wird es ganz bestimmt«, pflichtete Marea ihrer Freundin bei, ehe auch ihr Koffer erschien, den sie vom Förderband fischte. Er war ebenfalls schwarz, doch sie hatte bunte Bänder um den Henkel gewickelt, um ihn leichter zu erkennen.

»Komm, lass uns ein Taxi holen.«

Zusammen verließen sie den Flughafen, wobei sie ihre Koffer hinter sich herzogen. Aufmerksam sah Marea sich um, sog die Umgebung in sich auf und konnte die salzige Meeresluft fast schon schmecken.

»Dort hinten, komm, Marea!«

Grace riss sie aus ihren Gedanken und rasch folgte Marea ihr. Grace winkte bereits und ein Taxifahrer in Form eines alten Mannes mit einem weißen, langen Bart wartete auf sie.

Mürrisch musterte er sie, zog an seiner Zigarette und schmiss sie achtlos aus dem Fenster.

»Wir müssen in die Leoforos Eleftheriou Venizelou, Kallithea zum Hotel Athens Antik Hotel«, sagte Grace zu dem Mann, der sie erst genervt ansah, dann aber doch nickte. Offensichtlich hatte er sie nicht gleich verstanden und Marea vermutete, dass er Probleme mit der englischen Sprache hatte.

Zu zweit standen sie vor dem Taxi, warteten darauf, dass der Fahrer ausstieg und ihnen die Koffer in den

Kofferraum hob. Doch der alte Herr blieb sitzen, zog eine zweite Zigarette aus seiner Tasche und zündete diese an.

Grace räusperte sich und klopfte erneut an die Scheibe, woraufhin der Fahrer sie genervt hinabließ und beide Mädchen musterte.

»Wir haben Gepäck«, sagte Grace und deutete auf die Koffer. Der Mann dachte erneut einen Moment nach, ehe er nickte und auf einen Knopf drückte.

Wie von selbst öffnete sich der Kofferraum, doch er blieb noch immer sitzen.

»Grace, ich glaube, der hilft uns nicht«, sagte Marea, und hob ihren Koffer in den Wagen. Sie griff nach Graces Koffer, die genervt die Augen verdreht hatte.

»Ja, das glaube ich auch. Aber dann bekommt er auch kein Trinkgeld.«

Marea musterte ihre Freundin skeptisch, ehe sie den Kopf schüttelte.

»Das kannst du aber auch nicht machen. Wir wissen nicht, ob der Mann eine Familie hat, die er ernähren muss oder wie vermögend er sonst ist.«

Grace war jedoch unerbittlich.

»Dann hätte er eben freundlicher sein müssen! Ich kann auch nicht unfreundlich sein, wenn ich etwas haben möchte!«

Grace schloss den Kofferraum und Marea setzte sich mit ihr zusammen auf die Rückbank des Wagens.

Es war ein alter, gelber Toyota aus dessen Boxen griechische Musik drang. Musik, die Marea noch nie zuvor gehört hatte.

»Was hören Sie da?«, wollte sie von dem Taxifahrer wissen, doch dieser zuckte mit den Schultern. Für die Antwort brauchte er eine kleine Ewigkeit.

»Musik«, gab er in schlechtem Englisch zurück. Marea musterte ihn skeptisch.

»Dass Sie Musik hören, ist mir klar, aber um welche Musik handelt es sich?«

Der Fahrer zuckte mit den Schultern.

Marea neigte den Kopf und seufzte laut auf. Offensichtlich verstand der Toyotafahrer sie nicht gut genug, um sich mit ihr zu unterhalten. Grace zuckte mit den Schultern.

Lang dauerte die Fahrt nicht, dennoch fürchtete Marea um ihr Leben. Wild legte der Fahrer sich in die Kurven, deutete mit der Faust anderen Autofahrern zu und gestikulierte wütend in die Richtung der Fußgänger, die es tatsächlich wagten, die Straße überqueren zu wollen.

Nachdem der Fahrer mit einer Vollbremsung vor dem Hotel hielt und Marea ordentlich durchrüttelte, kramte sie schnell nach ihrem Portemonnaie.

»Wehe, wenn du ihm auch noch Trinkgeld gibst«, zischte Grace ihr zu, doch Marea wollte eigentlich nur noch rasch aus dem Taxi aussteigen. Ohne wirklich großartig nachzuzählen, zückte sie einige Geldscheine.

»Zuviel! Der hätte uns fast umgebracht!«

Grace riss Marea die Geldscheine aus der Hand und reichte dem Taxifahrer den Betrag, der auf der veralteten Uhr zu sehen war. Begeistert sah der Grieche nicht aus, doch noch ehe Marea darauf reagieren konnte, zog Grace sie aus dem Wagen und hievte die Koffer auf den Boden. Kaum war der Kofferraum geschlossen, brauste das Taxi wieder davon und Marea musterte zum ersten Mal das Hotel.

»Es sieht genauso aus wie auf dem Foto!«, sagte Marea staunend und betrachtete die weiße Fassade und die polierten Türgriffe. Die wilde Taxifahrt und der eigenartige Taxifahrer waren vergessen.

»Du untertreibst, Marea. Es sieht nicht gleich schön aus... sondern schöner!«, klärte Grace ihre Freundin auf, schnappte sich ihren Koffer und ging langsam zum Hotel. Auch Marea tat es ihr gleich. Sie nahm ihren Koffer und hob ihn erst vorsichtig über die Stufen, ehe sie ihn wieder hinter sich herziehen konnte.

»Ich kann es kaum erwarten, unser Zimmer zu sehen!«

Sie gingen direkt zur Rezeption und Grace begann dort ein Gespräch mit dem Angestellten. Marea hingegen schlenderte weiter in die Eingangshalle, drehte sich ein wenig und sah sich um.

Die Wände waren teilweise vergoldet, hatten viele Verzierungen und Schnörkeln. In der Mitte der Halle stand eine Figur, die eine antike griechische Gestalt darstellte.

Langsam ging Marea auf sie zu, blieb vor ihr stehen und betrachtete sie.

»Das ist Achilles.«

Überrascht drehte sich Marea um. Einer der Gäste hatte sie angesprochen und war neben ihr stehen geblieben. Marea lächelte.

»Danke«, sagte sie und der Mann, der asiatischen Aussehens war, nickte etwas.

»Sie sind noch nicht lang hier, oder?«, fragte der Mann sie, doch sie schüttelte den Kopf. Es wunderte sie, dass er sie in der richtigen Sprache angesprochen hatte, doch andererseits hätte sie es komisch gefunden, wenn er mit ihr auf Griechisch gesprochen hätte.

»Nein, meine Freundin und ich reisen gerade an. Wir bleiben eine Woche. Und Sie?«

»Meine Frau und ich sind seit einem Monat hier. Aber morgen Abend reisen wir ab. Es war eine Forschungsreise. Sie ist Historikerin und hat ein Monat im Geschichtsforum mitgearbeitet.«

»Marea, wo bleibst du denn!«, riss Grace sie aus dem Gespräch. Ihre Wangen liefen rot an, ehe sie verlegen lächelte und ihrer Freundin zuwinkte.

»Ich muss jetzt weiter, aber danke für das Gespräch. Ich wünsche Ihnen einen guten Heimflug, falls wir uns nicht mehr sehen«, sagte sie leise. Marea wusste nicht, was sie sonst hätte sagen sollen. Immerhin hatte sie freundlich sein wollen, nur leider war Smalltalk nicht ihre Stärke.

Schnell griff Marea nach ihrem Koffer und eilte zu Grace, während der Asiate ihr verwirrt nachsah, aber dennoch freundlich winkte.

Grace verdrehte die Augen.

»Ich habe unsere Zimmerkarte, komm!«

Grace zog Marea direkt mit sich mit zum Aufzug, mit welchem sie in die dritte Etage fuhren.

Kapitel 2

it schnellen Schritten huschte Marea hinter ihrer Freundin her und zog dabei den Koffer hinter sich. Grace legte ein beeindruckendes Tempo vor. Sie marschierte an den Türen vorbei, bis sie schließlich vor Zimmer 254 stehen blieb.

Grace hielt die Schlüsselkarte vor den Sensor und betrat dann schließlich das Zimmer. Marea folgte ihr. Langsam sah sie sich um, lächelte dabei und fand es sofort bezaubernd. Das Zimmer war nicht das Modernste, es war schlicht gehalten und doch hingen ein paar Bilder an der Wand, die die Sehenswürdigkeiten Athens zeigten. Das Bett war mit blauweißem Überzug bezogen und vor dem Doppelbett lag ein großer weißer Läufer. Langsam trat Marea zum Fenster, warf einen Blick hinaus und drehte sich strahlend zu Grace.

»Sieh mal, wir können auf den Marktplatz sehen!«

Grace ging direkt zu ihr und drängte sich neben sie. Mit staunenden Augen sahen sie hinab, wobei Grace Marea sanft mit dem Ellbogen in die Seite stupste.

»Ich hoffe, dass du jetzt nicht lang auf dem Zimmer bleiben möchtest«, sagte Marea mit einem Lächeln, das von Grace mit einem breiten Grinsen quittiert wurde.

»Bist du verrückt? Wie kann man hierbleiben wollen, wenn es da draußen so viel zu sehen gibt! Komm, lass den Koffer stehen!«

Marea stellte das Gepäck achtlos in eine Ecke, griff nach ihrer Handtasche und schulterte sie. Grace strahlte ihr entgegen.

»Vielleicht bekommen wir einen Bus zum Hafen! Der muss bestimmt wunderschön sein! Vor allem jetzt, wenn die Sonne scheint!«, schlug Grace vor und Marea nickte sofort.

»Dann lass uns gehen!«

Grace grinste, lief an Marea vorbei und schnappte ihre Hand. Lachend zog sie sie mit sich und verließ das Hotelzimmer, verschloss es und verstaute die Zimmerkarte in ihrer Handtasche.

»Wir müssen uns beeilen!«, trieb Grace Marea zur Eile an.

»Nicht, dass wir noch einen Bus verpassen!«, ergänzte sie und zog sie weiter mit sich. Gemeinsam liefen sie die Stufen hinab ins Erdgeschoss und eilten aus der Empfangshalle, vorbei an dem freundlichen Asiaten, der ihnen verwirrt nachblickte.

»Hast du denn schon einen Freund gefunden?«, wollte Grace neugierig wissen, als sie beim Marktplatz ankamen und nach einer Bushaltestelle Ausschau hielten.

»Wie kommst du denn darauf?«

»Dieser Asiate... er hat dich sehr verwundert angesehen und ich glaube, dass du ihm gefallen hast. Ich wusste gar nicht, dass du eine Schwäche für Asiaten hast!«

Mareas Wangen färbten sich rot.

Eifrig schüttelte sie den Kopf, sodass ihre dunkelbraunen Locken hin und her flogen.

»Du spinnst doch, das ist gar nicht meint Freund und ich gefalle ihm auch nicht. Er hat eine Frau und wir haben uns nur normal unterhalten. Du siehst Gespenster, wie immer!«

Grace lachte.

»Das sagst du jetzt. Und nachher erwische ich dich vielleicht noch mit ihm!«

Marea schüttelte den Kopf.

»Unsinn, such lieber weiter nach dem Bus!«, forderte Marea ihre Freundin auf, doch die Suche erschien fast aussichtslos. Marea hatte Probleme, die griechische Schrift lesen zu können und auch Grace, die stets mit ihrer griechischen Urgroßmutter angab, konnte sich auf den Fahrplänen nicht zurechtfinden.

»Vielleicht hätten wir in der Rezeption nachfragen sollen«, sagte Marea schließlich, als sie abermals versuchte, die griechische Schrift zu entziffern. Doch

Grace schüttelte stur den Kopf, zog ihr Handy heraus und öffnete eine App.

»Unsinn, wir sind doch nicht in der Steinzeit. Wozu haben wir das Internet?«, fragte sie, doch Marea hob skeptisch eine Augenbraue. Marea beobachtete, wie ihre Freundin herumhantierte, das Handy auf die Schriften hielt und fluchend irgendwelche Dinge auf dem Display eintippte.

Marea biss sich auf die Unterlippe und verkniff sich weitere Worte. Immerhin wusste sie, dass Grace nicht die beste Geduld besaß - eine Charakterschwäche, die sie beide gemeinsam hatten.

»Ha!«, rief Grace grinsend. Offensichtlich hatte sie etwas entschlüsseln können. Neugierig lugte Marea auf das Display ihrer Freundin.

»Und?«

»Ich habe das Internet befragt. Wir müssen auf den Omonia Platz, der ist nur zwei Straßen von hier entfernt und von dort aus können wir einen Bus nehmen!«

Noch bevor Marea etwas fragen konnte, sah sie, wie Grace in eine Richtung deutete.

»Und zwar müssen wir genau dort entlang, dann sind wir in wenigen Minuten am richtigen Platz«, erklärte sie fachmännisch, abermals nickte Marea.

»Dann bin ich mal gespannt, ob das stimmt.«

Grace hob direkt eine Augenbraue.

»Du solltest nicht an meinen Fähigkeiten zweifeln!«, erwiderte Grace beleidigt, ging voraus und Marea lief hinter ihr her.

Graces rotes Haar wehte im Wind und Marea hatte Probleme, mit ihr Schritt halten zu können. Immerhin war Grace einen Kopf größer als sie. Marea hatte ihre Freundin schon immer heimlich bewundert. Grace, mit ihren Modelmaßen. Sie war großgewachsen, gertenschlank und neben dem Studium arbeitete sie als Model für kleinere Aufträge. Grace hatte die schönsten Rehaugen, die Marea je gesehen hatte. Anfangs hatte Marea Vorurteile gehabt und war sich sicher gewesen, dass Grace eingebildet und hochnäsig wäre, doch diese Gedanken hatten sich als falsch entpuppt.

Oft hatte Marea sich mit ihr verglichen. Im Gegensatz zu ihr wirkte sie unscheinbar. Sie war nicht klein, aber dennoch kleiner als Grace und hatte braune Locken, die neben Graces roter Mähne beinahe farblos wirkten. Ihre Augen jedoch waren blau, so blau wie der Ozean.

Grace huschte um eine Ecke. Marea folgte ihr und musste lächeln, als sie tatsächlich am richtigen Platz ankamen.

»Ich habe es dir ja gesagt. Du kannst das nächste Mal gleich auf mich hören«, sagte Grace grinsend und deutete direkt auf einen Bus, auf dessen Leuchttafel in ihrer Schrift der Name des Hafens zu lesen war. Oberhalb stand noch etwas in griechischen Buchstaben, die Marea allerdings nicht entziffern konnte.

»Wir sind genau richtig. Komm, beeil dich! Dann können wir gleich mitfahren!«, sagte Grace, schnappte sich Mareas Hand und zog sie mit sich mit.

Etliche Touristen tummelten sich auf dem Platz, doch Grace schob sich problemlos durch die Menge und verschaffte sich Gehör.

Tatsächlich schafften sie es, in den Bus einzusteigen und ließen sich auf zwei freien Sitzen nieder. Die Fahrkarten für die öffentlichen Verkehrsmitteln hatten sie sich bereits vorab in London besorgt.

»Ich hätte nicht gedacht, dass wir das noch schaffen.«

»Wir schaffen hier alles, was wir wollen, Marea! Ich kann es kaum erwarten, den Hafen zu sehen! Die Bilder im Internet sehen großartig aus!«, schwärmte Grace direkt.

»Da hast du recht. Sie sehen wirklich toll aus. Vor allem die Häuser um den Hafen! Ich bin nur gespannt, ob wir mit dem Bus wirklich schneller dort sind als zu Fuß.«

Marea liebte das Wasser, doch gleichzeitig machte es ihr Angst. Sie fürchtete die Tiefen des Meeres und der Seen. Es ängstigte sie, wenn sie nicht auf den Grund des Wassers blicken konnte und sie wurde panisch, wenn sie den Boden nicht mehr unter den Füßen fühlen konnte.

Marea war nie eine gute Schwimmerin gewesen und würde sogar soweit gehen und behaupten, dass sie des Schwimmens nicht mächtig war. Theoretisch wusste sie, wie es funktionierte und hatte es als Kind im seichten Wasser durchaus gekonnt, aber nachher war ihr diese Fähigkeit abhandengekommen.

Nur wenige ihrer Freunde wussten davon und eine von ihnen war Grace. Sie war ihre beste Freundin und wusste alles von Marea. So gut wie alles.

»Wieso schaust du mich so an?«, fragte Grace sie, doch Marea schüttelte den Kopf.

»Ich habe nur nachgedacht.«

Grace zuckte mit den Schultern, lehnte sich zur Seite und versuchte, mit ihrem Handy die Umgebung einzufangen.

Der Bus hatte sich bereits in Bewegung gesetzt und sich durch die Stadt gekämpft. Sie mussten ein paar Straßen durchqueren, ehe sie beim Hafen ankommen konnten.

Marea fühlte sich wie ein kleines Kind, voller Vorfreude und Tatendrang.

»Du musst dann ein Foto von mir am Hafen machen. Am besten noch vor einem coolen Boot«, forderte Grace und Marea neigte den Kopf.

»Aber wir haben Ferien und sind auf Urlaub.«

Sie wusste, dass ihre Freundin diesen Schnappschuss nicht für sich oder gar für ihre Familie brauchte. Sie brauchte ihn, um ihre Social Media Kanäle zu füllen und im Gespräch zu bleiben.

Marea hatte an sowas kein Interesse. Sie hatte zwar einen Blick in die Welt des Internets geworfen, doch war damit nicht zurechtgekommen.

»Das macht nichts. Nur das eine Foto, damit die Agentur sieht, dass ich auch hier mal für sie arbeiten könnte.«

Marea nickte. Was sollte sie sonst schon darauf sagen? Grace kannte Mareas Einstellung zu ihrem Internetverhalten und doch war Marea auch klar, dass ihre Freundin alt genug war, um eigene Entscheidungen zu treffen.

»Wenn es sein muss«, murmelte Marea und lehnte sich ebenfalls nach vorn. Graces Augen wurden groß, als sie mit dem Finger in die Ferne deutete.

»Wir sind gleich da, siehst du? Dort hinten ist der Hafen!«

Kapitel 3

$\mathcal{M}$it weit aufgerissenen Augen ging Marea neben Grace her, welche sich bei ihr untergehakt hatte und aufgeregt auf die verschiedenen Verkaufsstände deutete.

»Sieh mal, Marea! Dort hinten, dort gibt es Sonnenhüte! Ich wollte schon immer einen Sonnenhut haben!«, schwärmte Grace, doch Marea schüttelte amüsiert ihren Kopf.

»Davon höre ich heute zum ersten Mal.«

Grace zuckte mit den Schultern, zog an ihrem Arm und schlängelte sich durch die Menschen, die mit gemächlichen Schritten an ihnen vorbei gingen.

Marea hielt gemeinsam mit Grace vor einer rundlichen, älteren Dame, die freundlich auf ihre Waren deutete. Viele Hüte in sämtlichen Farben und Formen lagen sorgfältig auf dem dunklen Holztisch.

Begeistert griff Grace nach einem hellbraunen Hut, setzte ihn auf und blickte erwartungsvoll zu Marea, welche den Blick jedoch abgewandt hatte und dabei zusah, wie ein Boot im Hafen einfuhr.

Erst als Grace sich lautstark räusperte, drehte sich Marea zu ihrer Freundin und bemerkte, dass diese ihr erwartungsvoll entgegenblickte.

»Der steht dir wirklich gut.«

Doch Grace schien sich dessen nicht sicher zu sein. Sie brummte und legte den Hut zurück, nachdem die ältere Dame ihr einen Spiegel vorgehalten hatte, den sie wohl unter dem Tisch aufbewahrte. Grace griff nach einem dunkleren Exemplar.

Dieser hatte eine hellblaue Schleife um den Kopfteil gebunden und der Schirm war größer als der Vorherige.

»Der sieht auch gut aus«, kommentierte Marea und Grace betrachtete sich abermals im Spiegel. Die ältere Dame nickte ihnen zu, als würde auch sie von diesem Modell begeistert sein.

»Ich glaube, ich nehme ihn. Er passt gut zu meiner Kopfform«, erwiderte Grace und deutete der Dame, dass sie sich für diesen Hut entschieden hatte.

Nachdem Grace für den Hut bezahlt hatte, zog sie Marea weiter durch die Menschenmasse, während auf ihrem Kopf ihr neu erworbener Sonnenhut thronte. Grace strahlte und Marea lächelte. Sie sah ihre Freundin gern glücklich.

»Jetzt musst du noch ein Foto von mir machen, am besten dort drüben, neben den rosa Blumen!«

Marea nickte und ergab sich ihrem Schicksal. Sie wusste, dass Grace nicht nachgeben würde, bis die Fotos gemacht worden waren.

»Das sind Oleanderbüsche«, entgegnete Marea, doch Grace verdrehte die Augen.

»Sie sehen hübsch aus, das reicht mir. Also komm! Bitte, Marea!«, bettelte Grace. Marea nickte und nahm das Handy, das ihr in die Hand gedrückt wurde. Der Fotoapparat war schon aktiviert und noch ehe Marea sich versah, posierte Grace vor den Büschen.

Lächelnd begann Marea Fotos von ihrer besten Freundin zu machen, die ihr stets zurief, wie sie das Mobiltelefon halten sollte. Grace nahm diese Fotosache wirklich sehr ernst und Marea wusste, dass sie wohl noch ein paar Filter über die Bilder legen würde, bevor sie schließlich im Netz landen würden.

Marea drückte abermals auf den Auslöser, als sie eine dunkle Stimme hinter sich hörte, die sie auf Englisch ansprach.

»Ich kann auch ein Foto von euch beiden machen, das wäre kein Problem.«

Überrascht drehte Marea sich um und blickte in zwei ozeanblaue Augen. Röte schoss in ihre Wangen und sie fühlte sich von dem Fremden auf eine seltsame Art und Weise eingeschüchtert.

Sie gab keine Antwort und ignorierte Grace, die lautstark ihren Namen rief.

»Verstehst du mich nicht?«, fragte der Fremde sie und nur mit Mühe konnte Marea sich von seinen blauen Augen losreißen. Sie schluckte und schüttelte den Kopf. Bestimmt hatte er mitbekommen, wie Grace und sie sich auf Englisch unterhalten hatten.

»Doch, doch... das ist nett, aber das muss nicht sein. Danke.«

Noch nie hatte Marea einen Mann gesehen, der sie so eingeschüchtert hatte. Der Fremde hatte abstehende, brünette Haare und war deutlich größer als sie. Sein Gesicht erinnerte an die antiken Steinfiguren und sie konnte leichte Bartstoppeln erkennen. Wirr standen die Haare ab, als wäre er eben erst aufgestanden - oder als hätte der Wind ihm die Frisur ruiniert. Und er sprach ihre Sprache, zwar nicht akzentfrei, aber damit hätte sie nicht gerechnet.

Dann lächelte der Fremde und abermals schoss Röte in Mareas Wangen. Was war nur los mit ihr?

»Was ist los? Wieso machen wir nicht weiter?«, riss Grace sie aus ihren Gedanken, die bei dem hübschen Grübchen des Fremden hängen geblieben waren.

Marea räusperte sich und wandte sich an ihre Freundin, die verärgert die Hände in die Hüften gestemmt hatte.

»Du weißt, dass gute Fotos wichtig sind!«

»Das war meine Schuld. Ich habe sie angesprochen und vorgeschlagen, von euch beiden Fotos zu machen«, mischte sich der Fremde ein.

»Das ist eine gute Idee! Marea, komm!«, forderte Grace sie auf, doch Marea war nicht überzeugt und warf ihrer Freundin einen durchaus skeptischen Blick zu.

»Du weißt, dass ich davon nichts halte!«

»Unsinn, die sind nicht für das Internet. Versprochen!«

Grace nahm ihr das Handy ab und gab dem Mann eine Einweisung, wie er die Fotoapp auf dem Smartphone benutzen sollte.

Was sich nicht als schwer herausstellte, schließlich war auf dem Display ein großer Kreis, der als Auslöser funktionierte und Marea war sich sicher, dass der Fremde wusste, wie er diesen benutzen sollte.

Kichernd zog Grace sie mit sich und nahm erneut ihren Platz neben dem Oleanderbusch ein.

»Der sieht richtig gut aus, meinst du nicht?«, fragte Grace Marea leise, die neben ihrer Freundin stand und den Arm um deren Hüfte gelegt hatte. So wie es auch Grace bei ihr tat.

»Ja, ein wenig… denke ich.«

Grace strahlte und Marea wusste, was dieses Strahlen zu bedeuten hatte. Selten war Grace ein Mann durch die Lappen gegangen, den sie für sich erwählt hatte.

Neben ihrer Freundin kam sich Marea klein und blass vor, immerhin wusste Grace, wie sie sich auf den Fotos richtig zeigen musste und wie sie in die Kamera lächeln sollte. Marea fehlte diese Übung.

»Fertig«, riss der Mann sie aus ihren Gedanken und sofort löste sich Marea von Grace. Zusammen gingen sie zu dem Fremden, der ihnen lächelnd das Smartphone hinhielt und dabei das Foto präsentierte, das er von ihnen gemacht hatte.

»Wunderschön«, sagte er und warf Marea ein Zwinkern zu, während Grace zu strahlen begann.

»Danke«, erwiderte Grace, während sie das Handy an sich nahm und es zurück in die Tasche gleiten ließ.

»Ich bin übrigens Narius.«

Marea nickte. Sie wusste nicht, was sie sagen sollte. Sie war noch nie sonderlich gut in Smalltalk gewesen, es hatte sich stets ergeben. Grace war ihr auch in diesem Punkt überlegen, doch Narius schien sich nicht für sie zu interessieren.

»Ihr seid nicht von hier, oder?«, fragte er Marea, die dessen Frage mit einem Kopfschütteln verneinte.

»Nein, wir sind aus London«, antwortete Grace, woraufhin Narius sich zu ihr wandte. Doch begeistert sah er nicht aus. Er seufzte und bedachte sie mit einem strengen Blick.

»Ich spreche mit deiner Freundin und nicht mit dir.«

Marea war schockiert. Noch nie hatte sich ein Mann nicht darüber gefreut, wenn Grace ihn angesprochen und Interesse an ihm gezeigt hatte. Doch Narius schien anders zu sein. Grace war ebenso perplex wie Marea.

»Wie meine Freundin schon sagte, wir sind aus London«, stimmte Marea zu. Narius nickte und schenkte ihr ein Lächeln.

Zwar freute Marea sich darüber, die Aufmerksamkeit des Fremden zu haben, doch andererseits fand sie auch dessen Verhalten Grace gegenüber nicht in Ordnung. Doch wie sollte sie das sagen?

Sie entschied sich für den direkten Weg, auch wenn sie vermutete, den Griechen damit zu verscheuchen.

»Ich finde es nicht nett, wie du mit meiner Freundin gesprochen hast«, fügte sie hinzu. Überrascht hob Narius eine Augenbraue. Marea reckte das Kinn nach vorn und nickte bekräftigend.

»Komm, Grace, gehen wir weiter.«

Marea griff nach ihrer Hand und zog sie mit sich. Im Augenwinkel bekam Marea mit, wie ihre Freundin Narius einen eingebildeten Blick schenkte, ehe sie sich bei ihr unterhakte und mit ihr zusammen weiter schlenderte. Noch immer spürte Marea Narius Blick in ihrem Rücken, doch sie wagte es nicht, sich zu ihm umzudrehen.

Schade eigentlich, er hätte ihr gut gefallen und was hätte gegen einen Urlaubsflirt gesprochen? Doch sofort schüttelte sie über ihre Gedanken den Kopf. Nein, einen Mann, der sich so respektlos verhielt, wollte sie nicht. Dennoch konnte Marea nicht anders. Sie drehte sich kurz um und blickte über ihre Schultern.

Er war fort.

Seltsam, noch bis eben hatte sie seinen Blick auf sich gespürt, doch nun?

»So ein aufgeblasener Idiot!«, schimpfte Grace und zog so Mareas Aufmerksamkeit auf sich.

»Ja, das war er.«

Das war er wirklich, er war ein aufgeblasener Idiot.

Und doch hatte der hübsche Idiot Marea gefallen.

Die erste Begegnung

Amphitrite

D er Wind hob sich und fuhr langsam durch das trockene, dunkle Haar. Ein salziger Geruch des Meeres wurde zu ihr getragen, während die Wellen sanft ihre blassen Knöchel umspielten. Ein Lächeln erschien auf dem bildschönen Gesicht, für das sämtliche Bildhauer Griechenlands ihren linken Arm hergegeben hätten.

Amphitrite.

Diesen Namen hatten ihr ihre Eltern gegeben, zu denen sie eine tiefe Liebe empfand. Eine Liebe, von der sie sicher war, dass keine andere sie übertreffen würde. Sie hatte sich geschworen, keinen Mann in ihr Herz zu lassen. Der Gedanke an eine Heirat widerstrebte ihr zutiefst, denn wie sollte sie einen Gatten mehr lieben, als sie ihre Familie liebte?

All die Schwestern und ihre Eltern, mit denen sie die meiste ihrer Zeit verbrachte, wenn sie nicht gerade am Meer stand und den Blick in die Ferne gerichtet hatte. Langsam ging sie weiter und spürte das Wasser an ihren

Waden. Das helle Kleid trieb an der Wasseroberfläche, doch es kümmerte Amphitrite nicht. Als Nereide, einer Nymphe des Meeres, brauchte sie das Wasser, um zu leben.

Auch die Kälte des Meeres störte sie nicht. Sie spürte sie nicht und begrüßte das Wasser stattdessen wie einen alten Freund. Wasser war ihr Lebenselixier. Das, was sie am Leben erhielt. Amphitrite beschleunigte ihren Schritt. Steil führte der Hang hinab ins Meer und sie drückte das Kleid nach unten, denn noch immer trieb es an der Wasseroberfläche.

»Wieso ziehst du es denn nicht aus?«

Erschrocken drehte Amphitrite sich um und erkannte einen jungen Mann am Strand. Er stand, ebenso wie sie zuvor, mit den nackten Füßen im Sand und die Wellen umspielten seine Knöchel.

Stark zog Amphitrite die Luft ein. War dieser Mann ein Mensch, oder gar etwas anderes? Er wirkte übernatürlich schön, so wie sie. Nicht wissend, wie sie auf seine Worte reagieren sollte, schwieg sie und starrte ihm stumm entgegen.

»Hat es dir die Sprache verschlagen, schönes Mädchen?«

Röte färbte ihre Wangen und Verlegenheit stieg in ihr empor. Doch zugleich spürte sie auch Ärger, denn als Mädchen würde sie sich selbst nicht mehr bezeichnen. Sie war eine Frau und war sich bewusst, dass Männer das an ihr erkennen konnten.

»Ich bin kein Mädchen mehr«, entgegnete Amphitrite ihm, doch der schöne Mann lachte leise. Seine Stimme klang tief und erinnerte sie an das Rollen der Wellen im Sturm. Amphitrite drehte ihm wieder den Rücken zu. Für sie war diese Unterhaltung beendet.

Doch dann spürte sie eine Hand auf ihrer Schulter und erschrak abermals. Sofort drehte sie sich um und blickte direkt in zwei blaue Augen, die sie an die Tiefen des Ozeans erinnerten.

Der Mann stand hinter ihr, lächelte sie weiterhin charmant an. Sie hatte ihn nicht kommen gehört, denn er hatte sich lautlos durch das Wasser bewegt.

So wie sie es konnte.

Amphitrite war sich sicher, dass er kein Mensch war. Menschen konnten sich nicht auf solche Art und Weise bewegen, er musste ein anderes Wesen sein. Sie hob die Hand und wischte seine Finger von ihrer Schulter. Mit geröteten Wangen bemerkte sie, dass sein Blick ungeniert über ihren Körper wanderte und jede Stelle an ihr zu mustern schien.

»Wer bist du? Und vor allem: Was bist du?«, fragte sie ihn direkt, während sie einen Schritt von ihm weggetreten war. Belustigt blickte der Mann ihr entgegen, während er die Hand, die sie fortgeschlagen hatte, durch das brünette Haar fahren ließ.

»Diese Frage könnte ich auch dir stellen, schönes Mädchen.«

»Ich habe dich zuerst gefragt«, erinnerte sie ihn trotzig. Sie konnte kaum den Blick von seinen Augen abwenden. Augen, die ihren ähnlich waren. Auch sie hatte blaue Augen, doch während seine an die Meerestiefe erinnerten, schimmerten ihre so hell, als würde die Sonne auf die Meeresoberfläche scheinen.

Abermals lachte der Mann und der Ausdruck auf seinem Gesicht zeigte, dass er sich geschlagen gab.

»Du kannst mich Poseidon nennen«, stellte er sich vor und noch immer lag dieses verführerische Lächeln auf seinen Lippen. Amphitrite zog scharf die Luft ein, während sie sich von ihm entfernte.

Dieser Name war ihr nicht unbekannt. Poseidon, der Gott des Meeres, Bruder des Zeus und einer der zwölf olympischen Götter. Viele Geschichten rankten sich um seinen Namen, um den Gott, der ihre Heimat, das Meer, beherrschte.

Sie war sich sicher, dass die Wellen ihm noch mehr gehorchen würden, als sie ihr gehorchten. Auch sie hatte die Gabe das Wasser zu befehligen, wenn sie es auch nur recht selten tat.

Sie schwieg.

Groß war er, der Gott des Meeres. Er überragte sie mehr als einen Kopf und sie konnte stählerne Muskeln unter der braun gebrannten Haut erkennen.

»Du schuldest mir deinen Namen, schönes Mädchen«, erinnerte er sie und Amphitrite schluckte.

Was wollte er von ihr? Und wollte sie die Antwort auf diese Frage überhaupt erhalten? Sie war sich nicht sicher.

»Amphitrite, Tochter des Nereus und der Doris«, stellte sie sich mit brüchiger Stimme vor. Sie sah, wie Poseidon die Hand hob und ihr mit einer sanften Bewegung über die Wange streichelte.

Seine blauen Augen blitzten belustigt auf, während ein Schauer durch ihren Körper fuhr. Sie schüttelte die Berührung mit einer Kopfbewegung ab und blickte ihn von der Seite her an.

»Eine Tochter des Meeres also. Ich habe schon lang keine Nereide mehr zu Gesicht bekommen. Sag, schönes Kind, gehörst du schon einem Mann?«

Das Unbehagen in ihrer Brust wuchs.

Als Antwort schüttelte sie den Kopf. Wieder tauchte ein Blitzen in Poseidons Augen auf.

»Gut, dann werde die Meine!«, verlangte er direkt, woraufhin sie erschrocken die Augen weitete. Ohne nachzudenken, schüttelte sie eifrig den Kopf.

»Nein, ich habe kein Interesse an einer Heirat. Ich möchte mich nicht binden.«

Belustigt musterte Poseidon sie und Amphitrite fühlte sich wie ein Fisch, der kurz davor war, von einem Fischer eingefangen zu werden.

Doch das konnte und wollte Amphitrite nicht zulassen.

»Das glaube ich dir nicht, jede Frau wünscht sich doch einen starken Mann an ihrer Seite. Und ich bin einer der stärksten Männer, denen du je begegnen wirst. Du wirst niemanden finden, der besser ist, als ich es bin.«

Nun war es Amphitrite, die eine Augenbraue hob und den Kopf schüttelte.

»Selbstbewusst genug bist du wohl«, sagte sie und zufrieden nickte Poseidon ihr zu. Wägte er sich schon im Hafen der Ehe und war er sich schon sicher, sie für sich gewonnen zu haben? Es wirkte fast so. So zufrieden, wie er sie betrachtete, war sich Amphitrite sicher, dass er falsche Schlüsse aus ihren Worten zog.

»Aber dennoch ändert nichts meine Antwort. Ich möchte nicht heiraten. Weder dich noch einen anderen. Lass mich bitte gehen.«

Der Himmel verdunkelte sich über ihnen, die sanften Wellen wurden höher und überschlugen sich über Amphitrite. Etwas, was sie sonst nicht störte, doch nun konnte sie ahnen, dass Poseidons Ärger die Wellen beeinflusste.

Er beherrschte das Wetter, doch ihr Herz würde er nie beherrschen.

»Schönes Mädchen, du weißt nicht, wen du abweist. Ich werde dir ein guter Ehemann sein und du wirst ein schönes Leben an meiner Seite führen. Zusammen beherrschen wir die See, leben und lieben uns in den Tiefen des Meeres, in meinem Palast. Weise mich nicht ab«, forderte er und abermals bemerkte sie seine Hand auf ihrer Wange.

Sie spürte, wie Panik und Angst ihr Herz ergriffen. Er bedrängte sie, sehr sogar, und Furcht floss durch jede Faser ihres Körpers.

»Nein! Ich möchte das alles nicht!«, erwiderte Amphitrite verzweifelt und schlug seine Hand unwirsch fort. Ohne auf eine weitere Reaktion von ihm zu warten, drehte sie sich um und sprang kopfüber ins Wasser. Sie spürte, wie das kühle Nass ihren Körper umschloss, während sie mit schnellen Bewegungen weiter ins Meer schwamm.

Über ihr tobten die Wellen, ein Sturm war aufgezogen. Er war plötzlich aufgekommen, ohne ein Vorzeichen. Ganz so wie Poseidons Wut und sie befürchtete, dass er ihr folgen würde.

Jedoch wagte sie es nicht, einen Blick zurückzuwerfen. Verzweifelt schwamm sie tiefer und tiefer, fort von Poseidon. Ein Donner ließ die Oberfläche erzittern und normalerweise wäre sie während eines Sturms nach oben geschwommen. Dann hätte sie mit ihren Schwestern Ausschau nach Schiffen gehalten und mögliche Schiffsbrüchige gerettet.

Doch nicht heute.

Sie spürte, wie ihre Augen heiß wurden und zu brennen begannen. Heiße Tränen vermischten sich mit dem Wasser des Meeres, während sie tiefer glitt. Einige ihrer Schwestern schwammen an ihr vorbei und warfen ihr verwirrte Blicke zu. Verwirrt, weil sie sich zum ersten Mal nicht den anderen anschloss. Amphitrite konnte es nicht, sie wollte es nicht.

Wer wusste schon, ob Poseidon nicht das Meer toben ließ, um sie nach oben zu locken? Es war bekannt, dass sie und ihre Schwestern zu Sturmzeiten das Meer bewachten. Normalerweise hätte Amphitrite versucht, die Wellen zu besänftigen, doch nicht heute. Sie wusste, dass sie gegen Poseidons Kräfte nichts ausrichten konnte. Das konnte niemand von ihnen.

Sie war bei den Höhlen der Nereiden angekommen, tauchte in eine von diesen und stemmte sich aus dem Wasser. Die Zufluchten waren nicht gänzlich unter Wasser, sondern hatte auch kleine Buchten, wo sie sich ausruhen konnten.

An einen solchen Ort flüchtete Amphitrite. Sie zog die Beine eng an ihren Körper und weinte, während die See tobte und ein Gewitter die Welt erschüttern ließ.

Kapitel 4

Marea

Auch während des restlichen Tages konnte Marea den hübschen Fremden nicht vergessen. Narius. Ein seltsamer Name. Noch nie hatte sie einen Mann mit einem solchen Namen kennengelernt. Und noch nie hatte sie einen Mann kennengelernt, der ihr nicht mehr aus dem Kopf gehen wollte. Seine blauen Augen hatten sich tief in ihr Gedächtnis gebrannt.

Blaue Augen, so geheimnisvoll wie das Meer.

Marea spürte, wie sich ihre Nackenhaare aufstellten, obwohl das warme Nass der Dusche über ihren Körper floss. Eine Gänsehaut breitete sich auf ihren Armen aus und sie schüttelte den Kopf. Dabei verfluchte sie den Mann, der sie nicht mehr loslassen wollte. Von draußen hörte sie das Singen ihrer Freundin und Musik trällerte aus dem Handy, doch die Sängerin wurde von Grace lauthals übertönt.

»Schluss damit«, ermahnte sie sich, drehte die Dusche ab und verbannte Narius in die hintersten Teile ihres

Gedächtnisses. Schließlich trat sie aus der Dusche, griff nach dem weichen, roten Handtuch und rubbelte ihren blassen Körper trocken.

Gern wäre sie so braun wie Grace, doch sie wusste, dass ihr Körper höchstens rot werden würde.

Sie griff nach dem Föhn, begann die feuchten Haare zu trocknen und bürstete sie zwischendurch. Dabei betrachtete sie ihr Spiegelbild, worin sie die geröteten Wangen bemerkte.

Allein der Gedanke an Narius hatte diese verwerfliche Röte zu verantworten. Und wieder war dieser Name in ihrem Gedächtnis gefallen. Sie fluchte leise, während sie den Föhn ausmachte. Schnell legte sie etwas dezentes Make-up auf. Marea entschied sich dafür, die Wimpern mit Mascara zu betonen und die Lippen in einem dunklen Rotton zu bemalen. Nachdem sie ihre Haare erneut gebürstet hatte, verließ sie das Badezimmer und betrachtete das Bild, das sich in dem Schlafzimmer abspielte.

Grace stand vor dem großen Wandspiegel, betonte kunstvoll ihre Augen mit verschiedenen Farben und sang lautstark. Nur leider war sie nicht textsicher, woraufhin Marea sich ein Grinsen nicht verkneifen konnte.

»Schau mich nicht so an, ich kann nichts dafür, dass die Sängerin den Text nicht weiß«, sagte Grace grinsend und strich dabei das dunkle Kleid glatt.

Grace sah umwerfend aus und so wie sie sich im Spiegel betrachtete, schien sie sich dessen bewusst zu sein.

Die langen Haare fielen in großen Locken über ihren Rücken und ihr Make-up war perfekt. Jeder Strich war dort, wo er hingehörte.

Sie trug hohe schwarze Schuhe und ein enganliegendes schwarzes Kleid, das ihre schlanke Gestalt betonte.

»Du siehst gut aus«, sagte Marea, als sie zu dem Kleiderschrank trat und sich für ein blaues Kleid entschied, das jedoch nicht so verführerisch war.

»Ich weiß. Aber ich bin mir sicher, dass du auch umwerfend aussehen wirst, wenn du dich denn erst einmal angezogen hast«, sagte Grace grinsend, während Marea in ihre Unterwäsche schlüpfte und anschließend das blaue Kleid anzog.

Marea trat näher zum Spiegel und erst jetzt bemerkte sie, dass ihr Kleid dieselbe Farbe wie Narius Augen hatte. Innerlich fluchend wandte sie sich erneut dem Kleiderschrank zu und betrachtete die restlichen Kleider.

»Was tust du da? Du siehst großartig aus! Wehe, wenn du etwas anderes anziehst!«

Grace schloss den Kleiderschrank vor Mareas Nase und griff nach ihrem Oberarm.

»Komm, es ist bereits dunkel und ich brauche ganz dringend einen Cocktail!«

Gern hätte sie etwas anderes angezogen, doch ihr fiel kein plausibler Grund ein, weshalb sie das Kleid, das zudem ihr Lieblingskleid war, nicht tragen sollte.

Sie verdrängte die Gedanken, schob sie weit zurück und schlüpfte in ihre Schuhe, ehe sie nach der Handtasche griff und Grace zulächelte.

»Lass uns gehen.«

Aufmerksam sah Marea sich in der Bar um, die Grace ausgesucht hatte. Sie hatte ihrer Freundin die Wahl des Lokals überlassen, denn sie war sich sicher, dass Grace besser Bescheid wusste, wo man gut feiern konnte. Dafür hatte sie eine Art sechsten Sinn.

Marea hielt einen Cocktail in der Hand und saß an der Theke, während Grace bereits in einem Gespräch mit einem attraktiven jungen Mann vertieft war.

Es hätte Marea überrascht, wenn Grace nicht direkt angesprochen werden würde.

Die Musik war laut, fast zu laut und sie konnte sehen, dass so manche Probleme damit hatten, sich zu unterhalten.

»Ich hätte nicht gedacht, dich hier zu sehen, schönes Mädchen.«

Nur schwer hatte sie diese Worte verstehen können. Überrascht drehte Marea sich um, auch wenn sie sich sicher war, dass damit nicht sie gemeint war. Erschrocken weitete sie die Augen und hielt sich an der Kante des Tresens fest.

Narius stand vor ihr, lächelte ihr keck entgegen und deutete auf den freien Platz neben ihr.

»Ich darf doch, oder?«, fragte er und nahm bereits Platz, noch ehe sie antworten konnte. Damit hätte Marea am wenigsten gerechnet.

Er hielt ein Glas in der Hand und sie versuchte den Inhalt zu analysieren. Marea tippte auf Whiskey.

»Was machst du hier und warum bist du allein?«

Sofort schürzte sie die Lippen und schüttelte den Kopf.

»Ich bin nicht allein. Ich bin mit meiner Freundin hier«, erklärte sie ihm direkt und nahm einen großen Schluck ihres Getränks.

Belustigt hob Narius eine Augenbraue. Eine Geste, die Marea dazu veranlasste, es ihm gleich zu tun.

»Sie scheint dich nicht sonderlich zu beachten. Doch das ist wohl mein Glück, meinst du nicht?«

»Davon würde ich nicht ausgehen, du warst nicht besonders nett zu ihr. Warum sollte ich dich also großartig beachten?«

Narius zuckte mit den Schultern.

»Ich bin mir sicher, dass sie damit gut zurechtgekommen ist.«

Seine blauen Augen blitzten belustigt auf, woraufhin ein Schauer durch Mareas Körper floss.

»Darum geht es nicht«, konterte sie, wohl wissend, dass ihre Argumente wohl recht dürftig waren. Er konnte sich ein Grinsen nicht verkneifen und abermals zog sie einen Schmollmund.

Nahm er sie etwa nicht ernst? Sie drehte sich zur Seite, erhob ihr Glas und begann damit, mit dem Strohhalm umzurühren.

»Mache ich dich nervös?«, wollte er wissen, doch darauf gab sie keine Antwort. Demonstrativ führte sie ihre Lippen zu dem schwarzen Rohr, nahm einen kräftigen Zug und Narius grinste.

Offensichtlich war das für ihn Antwort genug.

»Dein Kleid gefällt mir übrigens, die Farbe steht dir. Blau scheint wie gemacht für dich zu sein.«

Wieder spürte Marea, wie ein Kribbeln sich in ihrem Körper ausbreitete.

Wärme, die in jede noch so kleine Pore wanderte und schlussendlich wieder in ihren Wangen ankam. Sie war froh, dass das Licht in der Bar gedämmt war, sodass ihre roten Wangen sie nicht verraten würden.

»Danke. Aber du musst dich bei mir nicht einschmeicheln.«

Doch sein Grinsen wurde breiter. Sie schien mit ihrem Versuch, seinem Ego einen Dämpfer verpassen zu wollen, nicht viel Erfolg zu haben.

»Wie damals also.«

Marea hob eine Augenbraue. Sie war sich nicht sicher, wie sie seine Worte deuten sollte. Was meinte er?

Gewiss bezog er sich auf den Nachmittag, auch da hatte sie es ihm wohl nicht einfach gemacht. Doch halt – wollte sie sich überhaupt von ihm umgarnen oder sogar verführen lassen? Sie wollte nicht die dumme Touristin sein, die auf einen Einheimischen hereinfiel und als Trophäe endete.

Etwas in ihr sagte ihr, dass sie auf der Hut sein sollte. Ein Gefühl, das sie schon oft vor Schwierigkeiten bewahrt hatte.

Marea beobachtete, wie auch er einen kräftigen Schluck nahm. Er schien sie nicht aus den Augen zu lassen. Hatte er sich denn einmal umgesehen, seit sie miteinander sprachen? Sie selbst blickte ab und an über seine Schulter, an ihm vorbei oder warf Grace, die offensichtlich nicht mitbekommen hatte, dass Narius ihr Gesellschaft leistete, einen Blick zu.

Doch Narius hatte die blauen Augen kein einziges Mal von ihr abgewendet.

Misstrauisch musterte sie ihn und legte dabei die sonst so glatte Stirn in Falten. Sie sah, wie er sich nach vorn lehnte und die Hand auf ihre Wange legte.

Sofort schob sie sie weg und schüttelte verärgert den Kopf. Was bildete er sich eigentlich ein?

»Was soll das? Hör auf, mich anzufassen!«

Doch sie konnte nicht leugnen, dass ihr diese Berührung gefallen hatte. Und ihr Körper schrie nach mehr. Ein Verlangen, das sie noch nie zuvor gespürt hatte. Diese Anziehung hatte sie noch bei keinem anderen Mann erlebt.

»Ich glaube eher, dass es dir gefallen hat.«

Wieder schoss Wärme in ihre Wangen. Eine Hitze, die er nicht sehen konnte.

Er hatte recht, doch das wollte und würde sie nicht zugeben.

Kapitel 5

Tausend Gedanken schossen durch Mareas Kopf und alle betrafen den gutaussehenden Mann, der neben ihr saß und grinste, als könnte er direkt in ihre Gedanken sehen. Als würde er jedes Wort, das in ihrem Kopf widerhallte, hören können.

Er wirkte selbstgefällig, als wüsste er genau, welche Wirkung er auf Frauen, oder auf Marea, hatte und sie ärgerte sich über die Reaktionen ihres Körpers. Sie überkreuzte die Beine und widmete sich wieder ihrem Getränk, nippte erneut daran und versuchte, ihn aus ihrem Blickfeld zu drängen.

Dennoch spürte sie seine Blicke auf sich. Blicke, die ihr unangenehm waren und zugleich auch ein Kribbeln auslösten. Sie verzog einen Moment lang verärgert das Gesicht und stellte das mittlerweile leere Glas auf die Bar.

Marea drehte den Kopf zu Grace, die sich köstlich zu amüsieren schien und von ihrer Misere nichts mitbekommen hatte. Lachend warf ihre Freundin die Haare nach hinten und war offensichtlich völlig in das Gespräch mit dem jungen Mann vertieft.

»Wie unhöflich. Wir unterhalten uns und du siehst dich lieber um«, neckte Narius sie und brachte sie dazu, sich wieder zu ihm zu drehen.

Marea schnaubte auf und schüttelte den Kopf.

»Ich bin eine freie Frau, Narius. Ich kann hinsehen, wohin ich auch möchte«, erinnerte sie ihn, doch er grinste ihr nur weiter entgegen und leerte den Inhalt seines Glases.

»Ich würde dich gern auf einen weiteren Drink einladen, Marea.«

Doch sie schüttelte den Kopf. Während sämtliche Sinne in ihr lauthals danach lechzten, weiterhin Zeit mit Narius zu verbringen, war ihr klar, dass das offensichtlich keine gute Idee war.

»Danke, aber ich möchte lieber gehen.«

Marea rutschte vom Stuhl und warf wieder einen Blick zu Grace. Nun hatte sie doch zu ihr gesehen und offensichtlich auch ihren Gesprächspartner erkannt. Zumindest glaubte Marea das, denn Graces Augen weiteten sich, als sie ihre Begleitung stehen ließ und zu Marea ging.

Marea konnte in den Augen ihrer Freundin erkennen, dass sie bereit war, ihr zu helfen und doch wollte sie Grace den Abend nicht ruinieren. Immerhin war diese mit ganz anderen Absichten in die Bar gekommen.

»Ich wollte gerade gehen, Grace«, sagte Marea, als sie nah genug war und sich neben sie stellte. Schützend versuchte Grace sich zwischen Marea und Narius zu drängen. Marea seufzte. Sie brauchte keinen Schutz, also machte sie einen Schritt nach vorn und lächelte ihrer Freundin zu.

»Du kannst aber bleiben, wenn du möchtest. Begleiten musst du mich nicht.«

»Ich kann dich doch nicht allein zurückgehen lassen«, erwiderte Grace und schüttelte entschlossen den Kopf.

»Darüber musst du dir keine Sorgen machen, ich werde deine Freundin zu eurem Hotel begleiten«, mischte sich Narius ein. Seine Stimme war laut und übertönte nun ohne Probleme die lautstarke Rockmusik.

»Wenn du sie begleitest, dann mache ich mir noch mehr Sorgen!«, fuhr Grace ihn an, woraufhin Narius Blick sich verhärtete. Das Lächeln verschwand aus seinem Gesicht und Marea glaubte, dass sie Ärger in seinen Augen gesehen hatte.

»Ich bin alt genug, niemand von euch muss mich begleiten. Und Grace, du weißt sowieso immer, wo ich bin«, warf Marea in das Gespräch und griff nach ihrer Jacke, die sie sich überzog. Marea hatte Grace absichtlich an die App erinnert, die sie sich in London heruntergeladen hatten. So konnte Marea immer sehen, wo sich Graces Handy befand, und Grace konnte den Standort von Mareas Handy orten.

Marea blickte über Graces Schulter und bemerkte, dass Narius über diese Störung nicht erfreut war. Dennoch schien er geduldig auf sie zu warten, er hatte wohl wirklich ein Auge auf sie geworfen.

Sanft, aber dennoch bestimmt, schob Marea ihre Freundin zurück zu ihrem Gesprächspartner. Nicht überzeugt haftete Graces Blick auf ihr, doch Marea war stur. Sie würde nicht nachgeben und das wusste Grace wohl auch.

»Aber schreib mir, wenn du angekommen bist. Wenn du dich in zwanzig Minuten nicht gemeldet hast, dann suche ich dich!«

Marea nickte. Mit diesen Vereinbarungen konnte sie leben.

»Versprochen. Amüsiere dich gut«, sagte sie lächelnd, zwinkerte ihr zu und ging aus der Bar, ohne ein Wort mit Narius zu wechseln.

Dass dieser ihr folgte, damit hatte sie fast schon gerechnet und so überraschte es sie nicht, als er draußen neben sie trat. Hoffentlich irrte sie sich nicht in ihm und er würde ihr wirklich nichts tun.

Doch etwas in Marea sagte ihr, dass Narius ihr nicht schaden würde. Woher dieses Gefühl kam, wusste sie nicht.

»Du hast wohl nicht wirklich geglaubt, dass ich dich allein nachhause gehen lasse?«, fragte Narius, während Marea die kühle Nachtluft auf ihrer Haut genoss. Sie schüttelte den Kopf. Zwar kannte sie den Fremden kaum, doch sie konnte sich denken, dass er genau wusste, was er wollte.

Und offensichtlich konnte sie ihn nicht davon abhalten, sie zu begleiten.

»Ich wohne im Athens Antik Hotel«, antwortete sie ihm, auch wenn ihr klar war, dass es keine wirkliche Antwort auf seine Frage war.

Er bot ihr den Arm an und verständnislos betrachtete sie seinen Ellbogen, ehe sie weiterging und ihn stehen ließ. Soweit würde es nicht kommen. Sie erwartete, dass er sich über diese Art der Zurückweisung aufregen würde, doch sie täuschte sich.

Stattdessen holte er sie mit wenigen Schritten ein und ging neben ihr her. Marea musste sich zusammenreißen, um nicht zu ihm zu blicken. Starr war ihr Blick nach vorn gerichtet, als sie seine Hand in ihrem Haar spüren konnte.

Vergessen war ihr Versuch, nicht zu ihm zu sehen. Sie wandte sich zu Narius und musterte ihn skeptisch.

»Du hast weiches Haar, schönes Mädchen.«

»Hast du noch nie Frauenhaar berührt?«

Es würde sie überraschen, würde er diese Frage verneinen. Er sah nicht so aus, als wäre Keuschheit seine Stärke.

Im Gegenteil.

Doch der Gedanke an ihn und an eine andere Frau löste eine völlig neue Reaktion in ihr hervor. Sie spürte einen

Stich von Eifersucht, der völlig irrational war. Narius und sie, sie verband nichts.

Marea hatte nicht vor, das zu ändern, denn auf einen Schönling wollte sie wirklich nicht hereinfallen.

Er blickte sie verständnislos an, doch sie zuckte mit den Schultern.

»Vergiss diese Frage, du musst mir nicht antworten.«

Sie konnte das Rauschen der Wellen hören und die salzige Luft auf ihrer Zunge schmecken. Ein wohliger Schauer hallte in ihrem Körper wider.

Noch nie hatte sie Wasser so sehr angezogen, wie es jetzt gerade der Fall war. Sie hatte nie eine Schwäche für das kühle Nass gehabt und doch würde sie am liebsten kehrt machen und zum Meer gehen.

Woher dieser Impuls kam, das wusste sie nicht. Es war fast so, als würde das Meer nach ihr rufen und sie zu sich locken wollen.

Sie schüttelte diesen Gedanken ab. Offensichtlich war ihr der Alkohol zu Kopf gestiegen.

»Ein Königreich für deine Gedanken, schönes Mädchen«, murmelte Narius und abermals wandte sie sich ihm zu.

»Nun, meine Gedanken möchte ich doch lieber für mich behalten, danke.«

Er lachte leise. Verwirrt blickte sie zu ihm, doch er zuckte mit den Schultern.

»Ich habe noch nie jemanden hier getroffen, der so war, wie du«, flüsterte er in die Nacht. Sie schluckte und war sich nicht sicher, ob das als Kompliment gemeint war oder nicht.

»Das überrascht mich nicht, niemand ist so, wie ich«, murmelte sie und konnte im Augenwinkel sehen, dass er lächelte.

»Das stimmt wohl.«

Sie atmete erleichtert auf, als sie bereits ihr Hotel erkennen konnte, das am Ende der Straße lag. Nur noch wenige Schritte und sie war wieder allein und konnte ihre Gedanken ordnen.

Wobei sie Narius Gegenwart doch mehr als genoss. Es war schön, mit ihm durch die Nacht zu gehen und sie fühlte sich seltsamerweise an seiner Seite beschützt und sicher. Als könnte ihr nichts geschehen.

Der Himmel war sternenklar und erst jetzt wurde ihr bewusst, wie schön diese Nacht wirklich war. Inmitten ihrer Gedanken hatte sie das nicht wahrgenommen.

Narius schwieg, dennoch spürte sie seinen Blick auf ihrer Haut und erneut durchströmte sie ein Kribbeln.

Das Hotel kam immer näher. Marea blieb vor den Stufen stehen und wandte sich gänzlich an Narius.

»Danke, dass du mich begleitet hast, obwohl es wirklich nicht notwendig gewesen war.«

»Dafür musst du mir nicht danken, schönes Mädchen.«

Wieder hob Narius die Hand und berührte ihre Wange.

Dieses Mal ließ sie ihn gewähren. Sie erlaubte sich einen schwachen Moment und schmiegte ihre Wange an seine warme Handfläche.

Nur eine flüchtige Berührung, ehe sie sich wieder löste und ihm zunickte.

»Dann wünsche ich dir eine gute Nacht.«

Sie wollte sich umdrehen, ins Hotel gehen und doch vereitelte er ihr Unterfangen. Narius schlang die Arme um ihre Hüften und zog sie an sich.

Mit schnell schlagendem Herzen wurde sie an seine harte Männerbrust gedrückt und ihr Atem ging stoßweise, während sie mit großen Augen zu ihm blickte.

Sein Gesicht kam immer näher. Sie konnte den heißen Atem auf ihrer kühlen Haut fühlen. Marea merkte, wie sich sämtliche Härchen aufstellten, als seine Lippen nur wenige Zentimeter von ihren entfernt waren.

Sie bewegte sich nach vorn, drehte den Kopf und legte vorsichtig ihre Lippen auf seine Wange. Es war ein unschuldiger Wangenkuss, den sie rasch löste. Sie flüchtete aus seinen Armen, doch ihr Herz klopfte schnell gegen ihre Brust.

»Gute Nacht, Narius«, sagte sie erneut und ging mit schnellen Schritten zum Hoteleingang. Mit zittrigen Händen griff sie nach der Tür, drehte sich ein letztes Mal zu ihm um und verschwand mit einem Lächeln im Hotel.

Narius

Mit undurchdringbarem Blick starrte Narius Marea hinterher. Die Tür fiel hinter ihr ins Schloss und einen Moment konnte er noch ihre zarte Silhouette erkennen, bis auch diese verschwunden war.

Marea, die er nicht so nennen wollte, da sie für ihn eine gänzlich andere war. Er knirschte mit den Zähnen, als er sich vom Hotel abwandte, vor welchem er schon zu lang gestanden war und steckte die Hände in die Hosentaschen.

Sie war die Seine, das wusste er. Das konnte er tief in seiner Seele spüren. Lautlos formten seine Lippen einen Namen, der ihm schon lang nicht mehr entkommen war.

Ein letzter kurzer Blick folgte, ehe er sich gänzlich wegdrehte und die Straße entlang ging. Sie traute ihm nicht, doch das überraschte Narius nicht. Sie hatte ihm damals auch kein Vertrauen geschenkt. Sie war schon vor mehreren tausend Jahren vor ihm geflohen und die Tatsache, dass sie das nun wieder tat, verriet ihm, dass sie zu ihm gehörte.

Es musste so sein. Seit der Olivenbaum erneut erblühte, hatte er seinen Blick auf sämtliche Frauen gerichtet, die ihm begegnet waren und doch hatte er nie diese Verbundenheit zu irgendeiner gespürt, die er zu Marea fühlte.

»Amphitrite«, murmelte er und dieser Name versetzte seinem Herzen einen Stich. Viel zu lang war er, wie seine Brüder Zeus und Hades, allein gewesen und viel zu lang hatte er darauf warten müssen, dass die Prophezeiung erfüllt werden konnte.

Er wollte gar nicht daran denken, was wäre, wenn er scheitern würde. Diese Gedanken erlaubte er sich nicht.

Mittlerweile hatten ihn seine Füße wie von selbst zum Strand getragen, zum kühlen Wasser, das stets seine Zuflucht gewesen war. Zwar hätte er auch damals, als sie nach dem Untergang ihres Vaters die Welt aufgeteilt hatten, zu gern den Himmel übernommen, aber das Meer war ihm immer zugetan gewesen. Deshalb war es für ihn nicht schlimm, dass er sein Reich unterhalb der Wellen bezogen hatte.

Er zog die Schuhe aus, spürte das kalte Wasser auf seinen Füßen und seufzte wohlig auf, als sich sein Körper auflöste. Beim nächsten Wimpernschlag befand er sich in der Speisehalle des Olymps, in welcher damals viele Feste gefeiert wurden.

Doch seit Eris Verrat war keine Feier mehr veranstaltet worden. Dennoch hielten sich hier öfters Götter auf, wenn sie sich nicht in ihre eigenen Behausungen zurückgezogen hatten. Im Reich über den Wolken, das für menschliche Augen verborgen lag. Nicht jeder Gott residierte hier, so wie Poseidon, der nicht am Olymp wohnte.

»Poseidon, mit dir hätte ich heute wahrlich nicht gerechnet«, summte eine sinnliche, weibliche Stimme und er musste grinsen. Es überraschte ihn nicht, dass Aphrodite sich hier aufhielt. Sie und Dionysos saßen an dem runden Tisch, ebenso wie Apollo, der allerdings in ein Gespräch mit seiner Zwillingsschwester Artemis vertieft war.

Poseidon, der sich unter den Menschen als Narius ausgab, trat näher und zog sich einen Stuhl zurecht, auf welchem er schließlich Platz nahm.

»Wieso? Ist es so verwerflich, dieser Halle einen Besuch abzustatten?«, fragte er die Göttin der Liebe. Sie hatte langes, goldenes Haar und das zarteste Gesicht, das er je erblickt hatte. Eine Schönheit, die Künstler versuchten in Stein festzuhalten und an die doch keine Skulptur der Welt herankam. Glucksend nahm sie einen Schluck ihres Weins.

»Ich dachte, dass du auf der Erde bist. So wie Zeus.«

»Von dir hätte ich gedacht, dass du dich in deinem Palast zurückgezogen hast«, entgegnete er mit einem weiteren Grinsen, was ihr ein glockenhelles Lachen entlockte.

»Meinem Wein kann sie nicht widerstehen«, mischte sich Dionysos mit tiefer Stimme ein. Er hatte gelocktes, schwarzes Haar und grüne Augen, die an reife Reben erinnerten. Stets ging von ihm ein alkoholischer Geruch aus, den Poseidon jedoch nur bedingt wahrnahm.

»Eigentlich hatte ich gehofft, dich hier zu treffen, Aphrodite«, erklärte er der Göttin der Liebe, die sogleich ihre ganze Aufmerksamkeit auf ihn richtete.

Ihre himmelblauen Augen funkelten erfreut und ein belustigter Ausdruck legte sich auf ihr Gesicht.

»Jetzt bin ich gespannt. Was kann der große Herrscher der Meere denn nur von mir wollen?«, summte sie und spielte dabei mit einer ihrer Haarsträhnen. Verführerisch nippte sie an dem Wein.

»Ich möchte, dass du mir hilfst. Ich habe sie gefunden und wenn du, oder Eros, mir unter die Arme greifst, dann wird sie sich mir schneller hingeben.«

Aphrodite schüttelte den Kopf.

»Weder ich noch Eros können oder werden dir bei diesem Vorhaben helfen, Poseidon. Es ist deine Aufgabe, nicht unsere. So wie du sie damals für dich gewonnen hast, wirst du es auch dieses Mal allein tun müssen.«

Sofort spürte Poseidon, wie Wut in ihm hochstieg. Wie konnte sie es wagen? Sie, eine niedrige Göttin, die weit unter seinem Rang stand?

»Es ist nicht gut für dich, Aphrodite, meinen Wunsch abzulehnen«, wies er sie zurecht, doch sie schüttelte den Kopf und schürzte die Lippen.

»Du wirst und musst es allein zustande bringen. Es tut mir leid, Poseidon. Oder sollen wir dich hier auch Narius nennen?«

Die Wut wurde größer und er ballte die Hände zu Fäusten.

»Ihr beobachtet mich«, stellte er fest, doch Aphrodite zuckte mit den Schultern. Ihre Miene verriet, dass sie sich keiner Schuld bewusst war.

»Natürlich haben wir dich und die anderen im Blick. Auch unser Schicksal hängt von eurem Erfolg ab!«, mischte sich Dionysos ein. Seine Stimme war lauter, wohl zu laut für Apollo, der ihm einen missbilligenden Blick zuwarf.

Er und Artemis erhoben sich und verließen die Halle, ohne ein Wort an das Dreiergespann zu richten. Doch Poseidon war es gleich, er brauchte weder ihn noch seine Schwester für diese Auseinandersetzung.

»Wenn unser Erfolg auch für euch wichtig ist, so könnt ihr auch eingreifen und uns die Sache leichter gestalten. Ich erinnere euch daran, wie wir uns früher einander das Leben schwer gemacht haben«, rief Poseidon die alten Zeiten in die Gedächtnisse der Götter zurück.

Jene Zeiten, in denen sie alle noch jung und umtriebig waren und einander die Liebschaften zerstörten oder sich gar Schlimmeres antaten. Doch Poseidon war klar, dass das alles Vergangenheit war. Die Menschen hatten sich von ihnen abgewandt. Ab und an traten die Götter noch unter den Sterblichen auf, trieben mit ihnen Schabernack und erfreuten sich an diesen kleinen Dingen. Aber an sie glaubte niemand mehr. Der Olymp und seine Götter hatten den Glanz von damals verloren.

»Du verstehst nicht, Poseidon. Es ist anders als früher. Wir dürfen nicht eingreifen. Kannst du dich nicht an damals erinnern? An das, wovor Nemesis uns alle gewarnt hatte?«, fragte Aphrodite ihn mit sanfter Stimme und Poseidon nickte stumm.

Diese Warnung hatte er gänzlich vergessen, so wie auch Nemesis aus seinem Gedächtnis verschwunden war.

Nemesis, die Göttin des gerechten Zornes, die seit dieser Vorhersage nicht mehr in Erscheinung getreten war. Sie hatte sich in ihrem Palast zurückgezogen und ihn für sämtliche Besucher abgeriegelt. Nemesis hatte ihren Rückzugsort nicht mehr verlassen und so mancher spekulierte, dass sie sich eines Tages erneut erheben und die Welt erschüttern würde. Doch das war geschwätziges Reden von Nymphen und anderen Naturgeistern, die es nicht besser wussten.

»So wie du mich ansiehst, sehe ich, dass du es nicht vergessen hast«, murmelte Aphrodite sanft und schenkte ihm ein Lächeln. Sie lehnte sich nach vorn und griff mit beiden Händen nach seinem Gesicht.

Poseidon ließ diese Berührung zu und seufzte auf.

»Mit eurer Hilfe wäre es leichter.«

Seine Worte brachten Aphrodite dazu, leise zu kichern und den Kopf zu schütteln.

»Damals war es auch nicht einfach für dich, Amphitrite für dich zu gewinnen und doch hast du es geschafft.«

»Bist du dir denn sicher, dass du deine Mühen an die richtige Frau verschwendest? Nicht, dass du dich täuschst und sie nicht die Deine ist«, warf Dionysos dazwischen, doch Poseidon schüttelte den Kopf.

»Nein, sie ist es, ich spüre es genau«, erklärte er, doch damit gab sich der Gott des Weines nicht zufrieden.

Er schnaubte auf und schüttelte den Kopf über ihn. Wie konnte Dionysos es nur wagen, seine Entscheidungen anzuzweifeln?

»Wenn Poseidon sich sicher ist, dass sie es ist, dann wird sie es wohl auch sein. Man spürt die wahre Liebe, ist es nicht so, Poseidon?«

Ein zufriedenes Glitzern war in Aphrodites Augen zu sehen. Sie liebte Liebesgeschichten und Poseidon wusste, dass sie stets die Erste gewesen war, die über sämtliche Beziehungen Bescheid gewusst hatte. Aphrodite spürte es, wenn Liebe in der Luft lag und wandte sich frisch Verliebten wie von selbst zu. Poseidon vermutete, dass das in ihrer Natur lag. So wie es in ihrer Natur lag, die Liebe in den Herzen der Menschen zu entzünden. Doch sie selbst hatte die wahre Liebe noch nicht kennengelernt.

»Ich sollte wieder gehen, vielleicht komme ich bald wieder«, sagte Poseidon, gab der Göttin keine Antwort mehr und erhob sich. Dionysos nickte ihm zum Abschied zu, während Aphrodite ihm ein Lächeln schenkte.

»Ich hoffe, dass du Amphitrite das nächste Mal mitbringst«, sagte sie, woraufhin Poseidon nickte und die Halle verließ. Er konnte hören, wie Aphrodite und Dionysos ihr Gespräch wieder aufnahmen, ehe sich sein Körper auflöste und sich in seinem Palast, der in den Tiefen des Meeres versteckt lag, wieder manifestierte.

Die Landflucht

Amphitrite

*V*iele Tage waren vergangen, seit Poseidon sich ihr angeboten und sie bedrängt hatte. Zunächst hatte sie sich in ihrer Zufluchtshöhle sicher gefühlt und dachte, dass er sie bei den anderen Nereiden nicht aufspüren würde. Doch das war eine Täuschung gewesen. Poseidon hatte sie auch hier gefunden und ihr den Hof gemacht.

Wie hatte Amphitrite auch annehmen können, dass der Gott des Meeres sie nicht in seinem Gebiet finden würde?

»Egal wohin du gehst, er wird dich finden.«

Amphitrite, die gerade zum Eingang der Höhle schwamm, wandte den Blick zu Agaue, einer ihrer Freundinnen. Schon oft hatten sie zusammen Schiffbrüchige gerettet und waren auf den Wellen geritten.

Doch nun fiel sie ihr in den Rücken.

»Das ist mir egal, hier kann ich nicht bleiben. Das solltest du wissen«, erwiderte Amphitrite, doch Agaue schüttelte langsam den Kopf.

»Ich frage dich nicht, wohin du gehst. Er wird es von uns wissen wollen und du weißt, dass wir ihm dazu verpflichtet sind, zu antworten«, entschuldigte sie sich, doch Amphitrite schüttelte ebenfalls den Kopf.

»Vielleicht wird er wissen, wo ich bin. Doch ich werde dich nicht in die Situation bringen, mich verraten zu müssen«, beschwichtigte Amphitrite Agaue, die auf sie zuschwamm und sie in ihre Arme zog.

Einen Moment fühlte sich Amphitrite geborgen, erwiderte diese kleine Geste und strich mit den Fingern durch Agaues schwarzes Haar.

»Wir werden einander wiedersehen«, versprach Amphitrite ihr mit leiser Stimme, wandte sich von der Freundin ab und schwamm aus der Höhle.

Sie blickte nicht zurück, denn ihr Herz war schwer. Es fiel ihr nicht leicht, ihr Zuhause zu verlassen und die Frauen zurückzulassen, die ihre Familie waren.

Ärger kam in ihr hoch und sie verwünschte Poseidon und seine Avancen, die sie aus ihrem Heim vertrieben. Ihr Herz fühlte sich an, als wäre es mit tausend Steinen gefüllt, als sie langsam zum Strand schwamm.

Er würde bemerkten, dass Amphitrite nicht mehr in den Höhlen war. Ob er wütend werden würde, wenn er sie aufsuchen wollte und doch niemanden antreffen würde?

Daran konnte sie nicht denken. Die Bewegungen wurden schneller, während der zarte Körper durch das Wasser glitt. Kein Blick zurück. Die Augen waren stetig nach vorn gerichtet.

Fische schwammen an ihr vorbei und nahmen sie in ihren Schwärmen auf, als wüssten sie, dass sie sich verborgen halten wollte. Ein stummes Dankeschön auf ihren Lippen war für die Fische bestimmt, die um ihre Füße und Beine schwammen und ihr Trost spendeten. Doch die Angst konnten sie nicht vertreiben, diese schnürte ihr noch immer die Kehle zu.

»Gleich«, murmelte sie zu sich, während der Strand näher kam und die Fischschwärme sie nicht mehr begleiten konnten. Die Sonne strahlte hell auf die Wasseroberfläche, als Amphitrite diese durchbrach und aus dem Wasser lief.

Das weiße Kleid, das an ihrer Haut klebte, erschwerte ihr das Gehen und doch hatte sie noch nie so schnell das Meer verlassen. An diesem Strand war sie noch nie gewesen, normalerweise trieb sie sich immer auf denselben Inseln herum.

Doch nicht heute. Ihr Ziel war ein anderes, so hob sie den nassen Stoff hoch und tapste, so schnell wie es ihr möglich war, durch den Sand und lief in den Wald.

Ihr Körper schrie danach, umzudrehen und zurück in die Wellen zu springen, doch sie widerstand dem Drang. Nachgeben war keine Option und so ignorierte sie den Impuls, der in ihrem Blut pochte und begann zu suchen.

Blätter wurden zur Seite geschoben, ungeschickt stolperte sie über Wurzeln und spürte den Schmerz auf ihren zerkratzten Fußsohlen.

»Amphitrite. Was machst du denn hier?«

Endlich.

Sie erkannte die Stimme, die zu jenem Mann gehörte, zu dem sie flüchten wollte und der ihr noch einen Gefallen schuldig war.

»Atlas. Da bist du ja. Ich habe nach dir gesucht«, erklärte sie ihm, doch eine Antwort erhielt er nicht. Ein geschmeidiger Männerkörper trat zwischen den Bäumen hervor. Atlas war ein gutaussehender Mann, seine Haare waren schwarz und kurz gehalten, während sein Bartansatz verriet, dass er kein Kind mehr war.

»Ich bin hier, damit du deine Schuld abbüßt.«

Sie setzte sich langsam auf den Boden.

»Du siehst abgehetzt aus, Amphitrite. So habe ich dich noch nie gesehen. Sag, was soll ich tun?«

»Verstecke mich. Wenn du das tust, hast du deine Schuld bei mir beglichen«, verlangte sie mit leiser Stimme. Ein fragender Ausdruck erschien auf seinem Gesicht, als er sich neben sie setzte.

Damals, als Atlas ein Kind gewesen war, hatte sie ihm sein Leben gerettet. Ein Sturm hatte ihn überrascht und sein Boot, mit dem er unerlaubterweise unterwegs gewesen war, war in Seenot geraten. Das Kind war von dieser Geste so gerührt gewesen, dass es ihr einen Gefallen versprochen hatte.

Oft hatte Amphitrite Atlas besucht, hatte ihm beim Aufwachsen zugesehen und nun war der Tag gekommen, an dem er seine Schuld sühnen konnte.

»Poseidon. Er möchte mich heiraten«, fasste sie knapp zusammen. Atlas nickte.

»Bei mir bist du sicher, auf diese Insel kommt er nicht oft. Ich verstecke dich, Amphitrite«, versprach er ihr und zum ersten Mal seit Tagen erschien ein leichtes Lächeln auf ihren Lippen.

»Ich danke dir. Eine Last werde ich dir nicht sein.«

Unbemerkt musterte Amphitrite ihn von der Seite und neigte den Kopf. Ob er Poseidons Zorn fürchtete? Sie hoffte, dass der Meeresgott seine ungezügelte Wut nicht an Atlas auslassen würde.

»Du hast ihn wohl schon mehrfach abgewiesen, habe ich recht?«, wollte Atlas von ihr wissen, während er sich doch nach einiger Zeit erhoben hatte und ihr den Arm reichte. Sie ließ sich von ihm aufhelfen, mittlerweile war ihr weißes Kleid beinahe trocken.

»Natürlich, sonst wäre ich nicht hier.«

Atlas nickte gedankenverloren und sie beobachtete, wie er einen Blick in den Himmel warf.

»Deshalb ist das Meer so unruhig und die Wellen immer so hoch. Ich habe mich schon gefragt, was den Gott des Meeres so verärgert hat. Doch der Grund dafür bist wohl du.«

Diese Worte gefielen Amphitrite nicht, sie verzog verächtlich das Gesicht.

»Ich bin nicht schuld, er sollte seine Gefühle nicht über sich herrschen lassen. Dass ich ihn nicht will, damit muss er leben«, fuhr sie ihn scharf an.

Diese Vorwürfe, sie waren nichts, was die Nereide zu hören vermochte.

Selbst ihre Schwestern und Freundinnen hatten sie darauf angesprochen, denn viele Schiffe waren in den letzten Tagen gekentert und die Nereiden hatten viele Leben retten müssen.

»Ich wollte dich nicht verärgern. Verzeih«, entschuldigte Atlas sich und deutete ihr, dass sie ihm folgen sollte.

»Ich zeige dir, wo ich lebe. Mein Haus ist nicht weit vom Strand entfernt. Du wirst bestimmt oft zum Wasser wollen, oder?«

»Wollen nicht, müssen jedoch schon. Du weißt, dass ich ohne das Meer nicht leben kann. Ich brauche Wasser wie du die Luft«, erklärte sie ihm, während sie Atlas langsam folgte.

Sie gingen nicht weit, durchquerten den Wald und schließlich kamen sie bei einer kleinen Hütte an. Amphitrite hätte mehr erwartet, dennoch war sie nicht enttäuscht. Eine bescheidene Behausung war wohl besser als Versteck gedacht, als ein prunkvolles Haus.

»Ich zeige dir, wo du schlafen kannst. Komm«, forderte Atlas sie auf und sie folgte ihm.

Sie weitete die Augen, als sie sich in der Hütte umsah. Von außen machte sie kaum einen guten Eindruck, doch viele Pelze hingen an den Wänden und Töpfereien verrieten, dass sie ihm einiges an Geld gekostet hatten.

Es war heller, als sie gedacht hatte, auch wenn die Behausung nur aus einem Raum bestand. Sie hatte eine eigene kleine Höhle zur Verfügung gehabt, hier musste sie sich den Platz mit ihm teilen.

Doch damit konnte sie leben.

»Es sieht schön aus«, meinte sie und Atlas musste lauthals lachen, als er sich zu ihr umdrehte.

»Von außen nicht, ich weiß. Aber so kommt kein Räuber auf die Idee, mich überfallen zu wollen. Auch wenn der es wohl nicht überleben würde«, erklärte Atlas, während er breit grinste und auf ein kleines Bett deutete.

»Dort kannst du schlafen. Fühl dich wie zuhause. Siehst du den Weg dort hinten? Wenn du ihn entlang gehst, dann wirst du direkt zum Strand kommen.«

Amphitrite hatte noch nie ein Menschenhaus von innen gesehen, auch wenn Atlas kein Mensch war. Er war ein Titan. Ein Riese, der, wie andere seiner Art, über die Fähigkeit verfügte, sich in Menschengröße zu bewegen.

Wie groß er wirklich war, wenn er seine wahre Gestalt nicht verbarg, das wusste Amphitrite nicht. Doch als er ein Kind gewesen war, hatte er ebenfalls die Größe eines normalen Kindes gehabt.

Hinterfragt hatte sie diese Dinge nie, denn Amphitrite war klar, dass es niemanden zu kümmern hatte.

»Gut, ich danke dir.«

Sie war ihm wahrlich dankbar dafür, dass er sie aufgenommen hatte. Hier war sie vor Poseidon sicher und vielleicht würde sie diese Nacht auch in Frieden schlafen können.

Kapitel 7

Marea

Mit geschlossenen Augen lag Marea auf der Liege des Strandes. Grace hatte ihre in der Sonne aufgestellt, während Marea den Schatten bevorzugt hatte. Dennoch war es heiß und sie konnte die Hitze auf ihrer Haut spüren.

Sie ließ den gestrigen Abend Revue passieren und erinnerte sich daran, wie sie mit Narius zurück zum Hotel gegangen war und dass er sie hatte küssen wollen. Allein der Gedanke ließ ihre Wangen rot werden und eine Gänsehaut überzog ihren Körper. Weshalb er sich so in ihr Gedächtnis gebrannt hatte, das wusste sie nicht.

Es war ihr ein Rätsel und alles in ihr schrie danach, es zu lösen. Als sie gestern das Zimmer betreten hatte, hatte sie das Grinsen auf ihren Lippen nicht mehr verstecken können. Sämtliche Gedanken waren durch ihren Kopf gezogen.

So wie es gerade der Fall war. Marea lächelte stumm, ehe sie die Augen öffnete und zu Grace blickte. Diese lag in ihrem Bikini auf der Liege, ihre Haut hatte bereits einen schönen Bronzeton angenommen.

»Wollen wir uns später die Akropolis ansehen?«, fragte Marea ihre Freundin, die den Kopf hob und die riesige Sonnenbrille zurecht schob.

»Ich dachte, dass wir heute einen Strandtag machen«, entgegnete Grace, doch Marea seufzte auf. Das war eigentlich der Plan gewesen, doch obwohl Marea die Nähe zum Meer auch genoss, wollte sie dennoch etwas erleben.

»Wir können doch nicht nur den ganzen Tag faul am Meer liegen.«

»Mich bekommst du heute nicht weg. Hast du schon gesehen, dass weiter vorn ein paar Jungs Volleyball spielen? Die sind viel interessanter als die Akropolis. Sie wird morgen auch noch da sein, aber die Jungs nicht«, erklärte Grace grinsend und nickte in die Richtung des Wassers.

Dort warfen sich fünf gutaussehende junge Männer Bälle zu und Marea und Grace waren offensichtlich nicht die einzigen Frauen, die sie dabei beobachteten. Eine Tatsache, die diese Männer zu genießen schienen.

»Du bist unmöglich. Hat dir der Kerl gestern nicht gereicht?«, fragte Marea ihre Freundin, die mit den Schultern zuckte und sich wohl keiner Schuld bewusst war.

Marea hatte nicht vergessen, dass Grace erst in den frühen Morgenstunden zurück ins Hotel gekommen war und in der App hatte sie gesehen, dass Grace einen Abstecher in einem anderen Hotel gemacht hatte.

Grace legte sich wieder zurück auf ihre Liege und griff nach ihren Kopfhörern, die sie auch gleich benutzte. Marea verstand diesen Wink mit dem Zaunpfahl. Grace hatte wohl keine Lust mehr, sich mit ihr darüber zu unterhalten. Stattdessen zuckte Marea mit den Schultern und setzte sich auf. Dabei überprüfte sie, ob die Träger ihres grünen Bikinis noch gut saßen, ehe sie langsam aufstand.

Ihr Blick richtete sich auf das Meer, das sie beinahe schon förmlich anzog. Doch weshalb? Noch nie hatte Wasser eine solche Anziehung auf sie gehabt.

Langsam ging sie in die Richtung des Meeres, schob sich an den anderen Besuchern des Strandes vorbei und stoppte erst, als sie die Wellen an ihren Füßen spüren konnte.

Erleichterung durchfuhr ihren Körper, ein Gefühl, dass sie in diesem Zusammenhang nicht kannte und was ihr seltsam vorkam.

Wieso sollte sie nicht noch weiter in das Wasser gehen? Es rief förmlich nach ihr und Marea konnte nicht widerstehen. Schritt für Schritt ging sie weiter ins Wasser, spürte es an ihren Waden, Knien und Oberschenkeln.

Selbst als die erste Welle ihre Hüfte umspielte, bemerkte sie nicht, wie weit sie schon gegangen war. Es zog sie weiter ins Meer und sie blieb erst stehen, als ihr das Wasser bis zur Brust reichte.

Panik überkam sie, nie hätte sie damit gerechnet, so weit ins Wasser zu gehen. Gerade als sie zurückgehen wollte, tauchte eine bekannte Person vor ihr auf.

Narius.

Wie war er hierhergekommen?

Er stand vor ihr, warf den Kopf zurück und Wassertropfen fielen nach hinten. Narius wirkte, als wäre er vom offenen Meer zu ihr geschwommen. Doch das war unmöglich.

»Wo kommst du denn so plötzlich her?«, fragte sie ihn und war doch darüber überrascht, dass er so plötzlich vor ihr aufgetaucht war.

Doch sie war auch misstrauisch. Seit er ihr das erste Mal über den Weg gelaufen war, tauchte er ständig dort auf, wo sie sich aufhielt. Fast so, als wäre er ihr Stalker. Dieser Gedanke ängstigte sie, weshalb sie das laute Schlagen ihres Herzens ignorierte und an ihm vorbei blickte.

»Das ist aber keine besonders nette Begrüßung«, erwiderte Narius grinsend, ehe er die Hand nach ihr ausstreckte.

Sie zuckte zurück und drehte den Kopf zur Seite.

»Wieso tauchst du immer dort auf, wo ich bin?«

Misstrauen schwang in ihrer Stimme mit, doch Narius lachte.

»Weil wir beide offensichtlich dieselben Orte bevorzugen, schöne Frau. Freust du dich denn gar nicht, mich zu sehen?«

Sie gab ihm keine Antwort. Kam es ihr nur so vor, oder würde das Wasser steigen? Noch eben hatte es ihre Brüste berührt, nun bedeckte es sie.

»Ich möchte aus dem Wasser.«

Marea fühlte sich nicht mehr sicher. Zwar hatte das Meer eine beruhigende Wirkung auf sie, doch gleichzeitig wusste sie, dass sie sich zu weit vorgewagt hatte. Sie hätte am Ufer bleiben sollen.

Dort, wo es seicht war und wo sie die Situation unter Kontrolle hatte.

»Wieso? Ich hatte gehofft, dass du mit mir schwimmen würdest«, erwiderte Narius. Seine blauen Augen funkelten wie das Meer.

Wie sollte sie ihm erklären, dass sie nicht schwimmen konnte? Eigentlich wollte sie es ihm nicht sagen, weshalb sie den Kopf schüttelte.

Doch noch bevor sie sich umdrehen konnte, bemerkte sie, dass die Wellen höher wurden. Sie wollte Narius nicht mehr antworten. Marea sprang hoch, damit die Welle sie nicht übermannte. Doch als sie wieder zurück auf den Boden kommen sollte, spürte sie ihn nicht. Das Meer musste sie und Narius nach draußen gezogen haben.

Marea japste panisch nach Luft, ehe sie sich gänzlich im Meer befand. Hektisch versuchte sie ihre Arme zu bewegen und ermahnte sich gleichzeitig zur Ruhe, als Panik sie ergriff und die nächste Welle sie umherwirbelte.

Sie schlug um sich, spürte dann doch einen Griff um ihre Hüfte und wurde zurück an die Wasseroberfläche gezogen. Panisch riss Marea die Augen auf. Sie erkannte, dass das Ufer weiter von ihr weg war, als sie gedacht hatte.

»Wärst du beinahe ertrunken?«, fragte Narius sie, wobei ein Vorwurf in seiner Stimme mitschwang. Sie klammerte sich an ihn, an den Mann, der leichtfüßig im Meer trieb, als wäre er damit eins.

Sie hustete und würgte das bisschen Wasser aus ihrer Lunge, das sie verschluckt hatte. Es brauchte einen Augenblick, bis sie die Worte wiederfand und die Angst ihren Griff lockerte.

»Ich kann nicht schwimmen.«

Narius schüttelte den Kopf über sie.

»Das hättest du mir gleich sagen sollen. Ich bringe dich zurück an den Strand.«

Sie hielt sich an ihm fest, während er leichtfertig zu schwimmen begann. Er bewegte sich wie ein Fisch und trieb durchs Wasser, während ihre Finger sich in seine Schultern gruben. Immer wieder konnte sie einen Blick auf sein Profil erhaschen.

Er war ihr Retter. Was hätte sie ohne ihn getan?

Abermals schlug ihr Herz wie wild, es raste und hörte auch dann nicht auf, als er mit ihr das seichte Ufer erreicht hatte, wo auch Marea ohne Probleme wieder stehen konnte.

Schnell ging sie aus dem Wasser, hustete abermals und setzte sich. Ihre Füße wurden noch immer von den Wellen umspielt.

Narius ließ sich neben Marea fallen und griff nach ihrem Haar, drehte eine Haarsträhne auf seinem Finger auf und betrachtete sie.

Auch er schwieg und Marea war dankbar darüber, dass er ihr Zeit gab, sich wieder zu beruhigen. Langsam wurde ihr Atem flacher, der zuvor noch stoßweise gegangen war und die angespannten Muskeln erschlafften.

»Ich wollte es eigentlich nicht sagen«, erwiderte Marea und zuckte mit den Schultern. Narius betrachtete sie von der Seite und sie konnte seinen Blick auf ihrer Haut spüren.

Langsam drehte sie den Kopf zu ihm. Die Sonne ließ sein braunes Haar leuchten und die Wassertropfen, die in diesen hingen, funkelten im Licht.

Noch nie hatte sie einen schöneren Mann gesehen.

»Ich kann es dir beibringen«, schlug Narius vor, doch sie schüttelte energisch mit dem Kopf. Diese Blöße wollte sie sich vor ihm nicht antun. Schon viele hatten versucht, ihr das Schwimmen zu lehren und doch waren sie stets gescheitert.

»Danke übrigens, dass du mir geholfen hast«, sagte Marea leise. Sie fuhr sich mit den Fingern durch das nasse Haar und musterte ihn wieder.

»Ich möchte mich gern erkenntlich zeigen und dich heute Abend zum Essen einladen. Natürlich nur, wenn du Zeit hast«, murmelte sie.

Ihr Gesicht lief rot an. Noch nie hatte sie eine solche Einladung an einen Mann ausgesprochen.

Doch noch bevor sie darüber nachdenken konnte, wie sie mit einer Absage umgehen sollte, nickte Narius.

»Nichts lieber als das. Aber ich möchte das Restaurant aussuchen. Diese Lokale, in denen die Touristen gehen, sind wirklich scheußlich. Ich hole dich um sechs Uhr ab.«

»Sehr gern.«

Er stand auf und streckte ihr seine Hand hin.

»Aber in der Zwischenzeit können wir einen Strandspaziergang machen.«

Kapitel 8

*E*in Lächeln breitete sich auf Mareas Gesicht aus, als sie aufgestanden war und sich den nassen Sand von den Beinen klopfte.

»Das wäre eine wirklich gute Idee.«

»Ich habe immer gute Ideen, das kannst du dir merken«, erwiderte Narius. Er zwinkerte ihr zu und legte den Arm um ihre Schultern. Marea ließ diese Berührung zu, wobei sie erneut die Hitze in ihrem Körper spürte.

Was mit ihr los war, das wusste sie noch immer nicht. Diese Anziehung, die zwischen ihnen beiden herrschte, war beinahe greifbar und auch Narius Blick verriet, dass es ihm ebenso erging wie ihr.

»Erzähl mir etwas über dich«, forderte der Grieche sie auf. Diese Frage überraschte Marea nicht. Sie vermutete, dass er versuchen würde, sie besser kennenzulernen, denn dieses Mal war Grace nicht in unmittelbarer Nähe.

»Was möchtest du denn von mir wissen?«, stellte sie ihm eine Gegenfrage, doch er zuckte mit den Schultern.

»Alles, was es zu wissen gibt. Es gibt nichts, was mich langweilen könnte.«

Marea nickte leicht und ging weiter neben ihm her.

»Nun ja, ich komme aus England. Aufgewachsen bin ich in einem Vorort von London und nach der Schule habe ich angefangen, Geschichte zu studieren. Dann bin in eine WG in der Stadt gezogen«, begann sie zu erzählen.

Sie warf ihm einen Blick zu, um zu prüfen, ob ihn überhaupt interessierte, was sie erzählte. Er nickte und so erzählte sie weiter.

»Ich habe einen Bruder, er ist zwei Jahre älter als ich«, fügte sie hinzu und schwieg schließlich.

»War das alles? Da muss es doch noch mehr geben, ich glaube nicht, dass du dich in so wenigen Worten ganz beschreiben kannst. Erzähl mir alles, schönes Mädchen.«

Zusammen schlenderten sie langsam über den Strand, wobei ihre Füße noch immer im Spiel der Wellen waren. Die Menschen, an denen sie vorbei gingen, beachtete Marea nicht.

Ihre ganze Aufmerksamkeit lag auf Narius, welchen sie abermals musterte.

»Mehr würde mir jetzt nicht einfallen«, erwiderte sie, doch er schüttelte den Kopf und gab sich mit dieser Antwort nicht zufrieden.

Sein Blick zeigte ihr, dass er mehr über sie wissen wollte und das verunsicherte sie. Wie viel konnte sie von sich preisgeben, ohne sich ihm gänzlich auszuliefern?

Marea schwieg einen Moment und versuchte ihre Gedanken zu ordnen. Vielleicht konnte sie ihm doch mehr von sich erzählen.

»Grace ist meine beste Freundin, ich habe sie an der Universität kennengelernt«, erklärte sie ihm, doch er schnaubte.

»Ich möchte nichts über deine Freundin wissen, ich möchte *dich* besser kennenlernen«, unterbrach er diese Erzählung, noch bevor sie begonnen hatte. Marea seufzte.

Narius schien wirklich stur zu sein und offenbar wusste er genau, was er wollte.

»Naja, ich interessiere mich sehr für Kunst. Ich mag alte Skulpturen und Gemälde. Eigentlich wollte ich auch Kunstgeschichte studieren, doch dann habe ich mich doch für Geschichte entschieden. Aber ich überlege noch, ob ich Kunstgeschichte nicht als Zweitfach belegen soll.«

Sie wartete auf eine spöttische Bemerkung seinerseits, die sie sonst öfters für ihre Studienwahl erhalten hatte. Doch Narius schwieg. Das war neu, nicht viele Leute hielten sich mit einer negativen Meinung zurück. Oder hatte er keine negative Meinung?

Narius schwieg weiterhin und auch Marea verfiel wieder in Schweigen. Gern hätte sie mehr über Narius herausgefunden, doch eine Frage in diese Richtung wagte Marea nicht.

Sie schlenderten weiter, ehe sie sich räusperte und ihre nächsten Worte überlegte. Es fiel ihr nicht einfach, das Gespräch am Laufen zu halten. Sie war sonst nicht diejenige, die eine tragende Rolle in Gesprächen übernahm. Das überließ sie anderen.

»Vielleicht sollten wir langsam umdrehen und zurückgehen, wir sind doch schon weit gegangen«, warf sie ein und Narius schenkte ihr ein charmantes Lächeln.

»Wenn du das möchtest, schönes Mädchen. Aber wir könnten auch bis ans Ende der Welt gehen«, raunte er und sie spürte einen Schauer durch ihren Körper ziehen.

»Die Welt hat kein Ende«, erwiderte sie, als sie stehen blieb und sie zusammen kehrt machten und nun doch wieder in die Richtung gingen, aus der sie gekommen waren.

»Irgendwo ist jede Welt zu Ende. Selbst wenn du sie umkreisen würdest, wäre sie doch nicht unendlich«, warf er ein, doch sie schüttelte den Kopf.

»Aber ich würde nirgendwo eine Wand finden, sondern könnte die Welt erneut umkreisen«, erwiderte sie und er zuckte mit den Schultern.

»Wenn du am Grund des Meeres bist, ist auch irgendwo ein Boden, an dem du nicht weiter tauchen kannst.«

Darauf hatte Marea keine Antwort.

»Du magst das Meer, oder?«, fragte sie ihn und wieder kamen ihr die vorherigen Ereignisse zurück ins Gedächtnis.

»Woher bist du vorhin gekommen? Du warst plötzlich vor mir, aber ich habe dich sonst nicht am Strand gesehen.«

Sie wartete eine Antwort ab, doch es kam keine. Marea war verärgert und fand es nicht fair von ihm, dass er sie ausfragte, aber keine Antworten geben wollte.

»Das meine ich ernst. Du bist vor mir aufgetaucht, als wärst du auf mich zugeschwommen. Aber vor mir war das offene Meer. Erkläre mir das!«, verlangte sie und er zuckte mit den Schultern.

»Vielleicht bin ich auch vom offenen Meer aus zu dir gekommen«, sagte er, woraufhin sie eine Augenbraue hob.

»Du veralberst mich. Das ist nicht möglich. Sag mir, wie du das gemacht hast«, forderte sie, doch er zuckte mit den Schultern.

»So wie ich es dir eben gesagt habe. Ich bin auf dich zugeschwommen. Das ist die Wahrheit.« Doch davon wollte Marea nichts wissen. Er machte sich über sie lustig, das war für sie eindeutig.

»Du veralberst mich, das ist nicht nett. Kein Mensch kann doch so gut schwimmen. Das kann ich mir nicht vorstellen«, murmelte sie. Marea bewegte die Schultern und stieß so seine Hand weg.

Doch Narius legte seinen Arm erneut um sie, diesmal um ihre Taille und zog sie näher an sich. Zusammen blieben sie stehen und er drehte sie in seinen Armen, zwang sie dazu, ihr in die Augen zu sehen.

»Glaub mir, das ist möglich. Es ist alles möglich.«

Mareas Herz pochte wie wild und reagierte automatisch auf diese Berührung. Sie spürte seine warme

Hand auf ihrem Rücken, ehe sie ihre Handflächen auf seine Brust ablegte und zu ihm hochsah.

Normalerweise hätte sie sich mit lautstarken Worten aus dieser Berührung befreit, doch sie tat es nicht. Sie verharrte in seinen Armen und blickte weiter stumm zu ihm hoch.

Keine Worte des Widerspruchs rollten über ihre Lippen, als er ihr langsam mit der freien Hand über die Wangen strich. Ihre Blicke trafen sich und Marea versank beinahe in dem Blau seiner Augen.

»Narius«, murmelte sie leise. Es war beinahe ein Flehen und ihre Augen fixierten seine Lippen. Er brachte sie um den Verstand und das Lächeln auf seinem Gesicht verriet ihr, dass ihm das durchaus bewusst war.

Vergessen war der Vorsatz, ihn nicht in ihr Herz zu lassen und nicht als Urlaubstrophäe zu enden. Vergessen waren die Bedenken, die sie zuvor gestreut hatte.

Nur noch er war für sie wichtig, der Rest wurde ausgeblendet. Marea blickte weiterhin zu seinen Lippen, als seine Hand, die ihre Wange streichelte, langsam weiter wanderte. Sie spürte seine Finger auf der Unterlippe und hielt still, als er ihre Konturen nachzeichnete.

»Sag meinen Namen nochmal, er klingt wunderschön aus deinem Mund«, murmelte er leise und ihr Herz schlug schneller. Sie kam seiner Bitte nach und hauchte erneut seinen Namen in den Wind.

Eine Welle streifte Mareas Füße, doch sie hatte noch immer nur Augen für Narius.

Aus ihren Lippen drang ein Wimmern, als er mit den Fingern zurück zu ihren Wangen streichelte und dort verweilte.

Er blinzelte nicht, während er ihren Blick erwiderte und ihr in die Augen sah. Es war ihr, als würde er ihr direkt in die Seele blicken und sie in seine.

Narius war geheimnisvoll und anziehend. Möglicherweise war er mehr als das und sie wusste nicht, wie sie das Pochen ihres Herzens deuten sollte.

Langsam, nach einer kleinen quälenden Ewigkeit, lehnte er sich zu ihr hinab und sie konnte seinen heißen Atem auf ihren Lippen spüren. Langsam schloss sie die Augen und streckte sich ihm entgegen.

Dann spürte sie seine Lippen auf ihren und hatte das Gefühl, als würde die Welt stillstehen. Marea legte die Arme um seinen Nacken, ehe sie die Lippen langsam und vorsichtig gegen seine bewegte.

Ein vorsichtiger Kuss, den er erwiderte und direkt die Führung übernahm. Der Kuss wurde intensiver, leidenschaftlicher. Marea hatte das Gefühl, als würden ihre Beine nachgeben. Ihr Blut pulsierte wild in ihrem Körper, während sie ihn sanft weiterküsste und sich von ihm führen ließ.

Marea verlor sich in diesem Kuss und bereute es nicht.

Kapitel 9

Poseidon

Langsam löste Poseidon den Kuss und blickte mit seinen blauen Augen zu ihr hinab. Erwartungsvoll sah sie zu ihm hoch, ihre Wangen waren gerötet.

Poseidon schwieg. Er wartete darauf, dass etwas geschah. Doch worauf wartete er denn genau? Er war sich nicht sicher, doch er hatte geglaubt, dass der erste Kuss ihre Erinnerungen zurückbringen würden oder sie erkennen ließ, wer sie wirklich war.

Doch nichts dergleichen passierte. Marea blieb unverändert und Poseidon spürte einen Stich im Herzen. Hatte er sich getäuscht und sie war womöglich nicht seine Amphitrite, die er damals verloren hatte?

Mit langsamen Bewegungen strich er ihr über die Wange und grinste sie schelmisch an. Wehmut stieg in ihm hoch. Er hatte sich nicht getäuscht… oder doch?

»Dann sehen wir uns heute Abend, schönes Mädchen«, sagte er, lehnte sich zu ihr nach vorn und legte seine Lippen auf ihre Stirn.

Poseidon ließ sie los und schenkte ihr ein letztes Lächeln. Marea sah glückselig aus. Sie strahlte und das Leuchten ihrer Augen übertraf damit sogar das Blau des Meeres, was für ihn früher immer das Schönste gewesen war.

Er schluckte den Kloß hinunter, als er sich von ihr abwandte und über den Strand schlenderte. Er drehte sich nicht um, wusste aber, dass sie ihm nachsah.

Poseidon hatte keine Worte des Abschiedes von ihr abgewartet, er war einfach gegangen. Nun war es an ihm, seine Gedanken zu sortieren.

Er schob sich an den Menschen vorbei und verschwand, ohne von jemandem gesehen zu werden. Im nächsten Augenblick befand er sich in seinem Palast, in der Halle, in welcher sich sein Thron befand.

»Du bist früh zurück«, sagte Agaue, die sich in seinem Dienst befand. Sie war ihm eine treue Dienerin und als Freundin seiner Frau konnte er sich auf ihre Treue verlassen.

»Ja, ich bin mir nicht sicher, ob ich die Richtige gefunden habe«, erklärte er ihr, doch die dunkelhaarige Nereide blickte ihn fragend an.

Offensichtlich konnte sie seinen Gedankengängen nicht folgen, weshalb sie mit den Schultern zuckte.

»Was lässt dich das glauben? Noch gestern warst du anderer Meinung«, hakte sie nach, doch er schnaubte und ließ sich auf seinem Thron nieder.

Dieser war aus Muscheln geformt, die in unzähligen Farben schimmerten und sein Dreizack, den er seit Jahren nicht mehr geführt hatte, lehnte an ihm. Er konnte ihn nicht mehr führen, nicht mehr seit jenem schicksalhaften Tag, der ihm und seinen Brüdern die Frauen geraubt hatte.

Der Zauber, der Hera, Persephone und Amphitrite getroffen hatte, betraf auch ihn, ebenso wie Zeus und Hades. Zeus hatte keine Macht mehr über den Donnerkeil und sein Bruder Hades konnte seinen Zweizack nicht mehr führen.

»Es ist nichts passiert. Sie sollte sich doch daran erinnern, wer sie war und wer sie wirklich ist, doch nichts geschah.«

»Du weißt doch, wie stur Amphitrite damals bereits war. Sie hat lang nicht eingesehen, dass ihr zusammengehört. Für sie war es damals schon schwer, dich zu akzeptieren«, versuchte sie, ihm ins Gewissen zu reden. Doch Poseidon schüttelte den Kopf.

»Es ist anders als damals. Damals hat sie sich gewehrt und ist vor mir geflohen, doch dieses Mal tut sie es nicht. Sie hat mich geküsst und sich nicht verschlossen.«

Er lehnte sich zurück und blickte nach vorn. Die schöne Nereide, die vor ihm stand, seufzte laut auf.

»Poseidon, bestimmt hast du die Richtige gefunden. Du warst dir doch sicher und waren es nicht Aphrodite und Eros, die euch damals versicherten, dass eure Herzen einander erkennen würden?«

Zustimmend nickte Poseidon, doch noch immer wirkte er alles andere als überzeugt.

»Das waren ihre Worte, doch auch sie können sich irren. Niemand ist unfehlbar, selbst die Götter nicht. Das solltest du am besten wissen, oder, Agaue?«, raunte er, doch darauf erhielt er keine Antwort.

»Es wird dir nicht helfen, wenn du dich hier einschließt und nicht mehr zurück an Land gehst. Du musst zu ihr kommen, nicht sie zu dir. Außerdem kann ein Mensch nicht hierher schwimmen«, erklärte die Nereide ihm und fuhr sich durch das rabenschwarze Haar. Ihre grünblauen Augen musterten ihn.

»Sie würde niemals hierher schwimmen, denn sie kann es nicht. Und wenn ich sage, dass sie es nicht kann, dann nicht, weil der Palast für sie unerreichbar ist. Sie kann nicht schwimmen. Amphitrite konnte es.«

Agaue hob eine Augenbraue und Poseidon konnte sehen, wie sie nach einem weiteren Punkt suchte, der für sie sprach. Poseidon war sich nicht mehr sicher, ob Marea die war, für die er sie gehalten hatte.

Vielleicht hatte er sich geirrt und die richtige Amphitrite irrte durch Griechenland und konnte nicht von ihm gefunden werden, weil er seine Mühen an die Falsche verschwendete? Oder sie befand sich gar gänzlich woanders.

»Das muss nichts heißen. Du darfst nicht vergessen, dass Amphitrite eine Nereide war und kein Mensch, wie sie es ist«, fiel es seinem Gegenüber ein, doch Poseidon winkte ab. Er hatte genug gehört und er hatte keine Lust mehr, sich weiter mit seiner Dienerin zu unterhalten.

»Geh jetzt, ich möchte allein sein. Außerdem musst du wieder zurück ins Wasser. Das sehe ich dir an.«

Agaue wirkte über diese Worte nicht erfreut, doch sie widersprach nicht. Sie schnaubte auf, nickte und verneigte sich vor ihm.

Es war gut, dass sie nicht vergaß, dass er über sie herrschte und dass er ihr zu sagen hatte, was sie tun sollte. Immerhin war sie ein Geschöpf des Meeres und er war der sein Gebieter. Sie hatte ihm zu gehorchen und das wusste sie.

»Wie du befiehlst.«

Poseidon nickte und deutete ihr, dass sie gehen sollte.

»Geh jetzt. Ich rufe nach dir, wenn ich dich brauche. Aber fürs Erste hast du anderes zu tun.« Wieder nickte die schöne Nereide, ehe sie ihm den Rücken zudrehte und langsam aus dem Palast ging. Der Eingang öffnete sich von selbst, er bestand aus riesigen Muscheln und dahinter befand sich das Meer. Doch durch einen Bann gelangte es nicht ins Innere des Palastes.

Agaue war ein Wesen der See, sie brauchte regelmäßig das Wasser um sich. Enthielt man einer Nereide oder einer Okeanide das Wasser vor, so vertrockneten sie von innen heraus und starben einen langsamen, siechenden Tod. Ein Schicksal, das Poseidon nur über jene Dienerinnen verhängte, die sich gegen ihn stellten und ihn nicht als Herrscher akzeptierten.

Doch er war froh darüber, dass er damals nur wenige Nymphen hatte aus dem Meer verbannen müssen. Er hatte sie verstoßen und den Wellen verboten, sie zu berühren. Auch die Gewässer des Landes, wie Flüsse oder Seen, waren ihnen vorenthalten worden. Niemand hatte es gewagt, sich gegen sein Urteil zu stellen und so waren diese Frauen langsam vertrocknet und hatten viele Tage gelitten, bis sie in den Hades gestiegen waren.

Dieses Exempel hatte gewirkt. Niemand stellte sich gegen ihn und niemand zweifelte an seiner Macht. Seine Frau, Amphitrite, hatte diese Vorhergehensweise für brutal und unwürdig gehalten, doch auch auf sie hatte er nicht gehört.

»Wenn ich nur wüsste, was wahr ist und was nicht«, murmelte Poseidon. Er war mit den Gedanken erneut bei den sterbenden Nereiden und Okeaniden. Gern wüsste er, ob Marea tatsächlich die Seine war, oder ob er sich in diesem Punkt irrte.

Unruhig erhob sich Poseidon und warf einen Blick auf den Dreizack, der nutzlos am Thron lehnte und der nicht mehr zu gebrauchen war. Er wollte seine ganze Macht zurückhaben. Diese Kränkung durch Eris konnte und würde er nicht hinnehmen. Die Göttin der Zwietracht würde seinen Zorn und den seiner Brüder noch zu spüren bekommen, das hatten sie einander geschworen.

Langsam griff Poseidon nach seinem bläulich schimmernden Dreizack, hielt ihn in den Händen und bewegte ihn langsam hin und her.

»Man sollte nie alles auf ein Pferd setzen«, murmelte er zu sich selbst und fasste einen Entschluss. Marea konnte nicht Amphitrite sein. Er hatte sich geirrt – selbst, wenn er sich nicht getäuscht hatte, es konnte nicht schaden, auch andere Strände nach ihr abzusuchen.

Entschlossen stellte er den Dreizack zurück und ging mit schnellen Schritten zu dem Eingang seiner Thronhalle. Erneut öffneten sich die Muscheln und Wellen strömten ihm entgegen. Die Mauer, die das Wasser draußen hielt, war nicht glatt. Es waren einzelne Bewegungen zu sehen und je rauer die See war, desto größer waren die Bewegungen.

Poseidon ging weiter, sprang in das kühle Nass und die Tore schlossen sich hinter ihm. Es wurde Zeit, dass er weitersuchte.

Auf dem altmodischen Weg, denn er musste einen kühlen Kopf bewahren und sich abreagieren. Die Wut, die ihn so schnell packte, musste abgeschüttelt werden.

Mit einem freudlosen Grinsen auf den Lippen glitt Poseidon mühelos durchs Meer. Ohne Anstrengungen schwamm er an Fischen vorbei und war schneller als alles, was sich im Wasser verbarg.

Abwarten war nicht seine Stärke. Es galt, sein Schicksal selbst in die Hand zu nehmen.

Kapitel 10

Marea

*M*areas Blick war nach vorn gerichtet. Sie fixierte den Eingang zur Lobby und die Straße, die sich hinter der gläsernen Tür befand. Kurz huschte ihr Blick zur Uhr. Es war bereits fünfzehn Minuten nach sechs, verabredet waren sie um sechs Uhr gewesen. Er ließ auf sich warten und mit jeder Minute, die verstrich, wurde ihr Herz schwerer.

»Bestimmt verspätet er sich nur«, murmelte sie, während Grace, welche neben ihr saß und eigentlich mit ihr auf Narius hatte warten wollen, sanft über Mareas Haare strich.

Marea hatte sich lang zurecht gemacht und dabei sogar Graces Hilfe in Anspruch genommen. Sie trug ein beiges, schulterfreies Sommerkleid und die Haare waren offen.

Ihre Lippen waren dunkelrot bemalt, während Grace ihre blauen Augen betont hatte. Noch nie hatte sich Marea so hübsch wie an diesem Abend gefühlt. Sie hatte einen Blick in den Spiegel geworfen und war sich wie eine andere Person vorgekommen. Auf Narius Reaktion hatte sie sich bereits gefreut. Eine Freude, die zunichte gemacht wurde.

Grace stieß neben ihr einen Seufzer aus und nahm sie in den Arm. Mit jeder Sekunde kam sich Marea alberner dafür vor, dass sie sich auf ihn gefreut hatte.

Sie hätte es wissen müssen. Es hätte ihr klar sein müssen, dass Narius es nicht ernst mit ihr meinte. Der Minutenzeiger wanderte weiter und Mareas Hoffnungen schwanden dahin.

»Marea, ich glaube, er kommt nicht mehr«, sagte Grace mit leiser Stimme und Marea nickte langsam. Sie hatte dasselbe gedacht. Narius hatte sie vergessen. Oder hatte er den Kuss als so langweilig empfunden, dass er keine Zeit mehr mit ihr verbringen wollte?

»Ja, das glaube ich auch.«

Marea erhob sich langsam und auch Grace stand auf.

»Ich ziehe mich um und dann mache ich einen Spaziergang«, verkündete Marea niedergeschlagen, doch Grace seufzte.

»Ich begleite dich, du musst nicht allein gehen und vielleicht kann ich dich irgendwie auf andere Gedanken bringen«, schlug Grace vor. Marea war ihr dafür dankbar, doch konnte sich auch denken, dass ihre Freundin den Abend eigentlich anders geplant hatte.

»Bestimmt hast du aber etwas anderes vor, oder?«, entgegnete Marea leise, während sie zusammen zurück zum Zimmer gingen. Grace stieß ihr den Ellbogen in die Seite und lächelte.

»Nein, keine Sorge. Mein Plan für heute bist jetzt du.«

Marea öffnete schließlich die Tür zum Hotelzimmer. Sie ging hinein und schlüpfte aus dem Kleid, wählte stattdessen ein luftiges rotes Sommerkleid und band sich die Haare zu einem Pferdeschwanz zusammen.

Ein letztes Mal blickte sie in den Spiegel. Ihre Augen hatten einen traurigen Ausdruck angenommen, doch sie wollte sich diese Melancholie nicht erlauben.

Marea griff nach einem Abschminktuch, entfernte das Make-up und schlüpfte in ihre bequemen Sandalen. Grace wartete bereits auf sie und zusammen verließen sie wieder das Hotelzimmer.

»Aber du musst mich wirklich nicht begleiten, Grace. Ich will dir den Abend nicht ruinieren«, murmelte Marea leise, doch Grace winkte ab und schüttelte entschlossen den Kopf.

»Unsinn, das tust du nicht. Wir können durch die Altstadt gehen, was hältst du davon? Vielleicht können wir auch einen Blick auf die Akropolis bei Nacht werfen«, schlug sie vor und Marea lächelte etwas. Grace war ihr eine gute Freundin, die beste, die sie je gefunden hatte.

»Das wäre wirklich toll!«

Zusammen verließen sie das Hotel. Ein letzter wehmütiger Stich in Mareas Herz ließ ihr Lächeln kurz verblassen, doch sofort schüttelte sie den Kopf.

Nein, sie wollte Narius nicht die Macht geben, ihr den Abend zu ruinieren.

Sie spürte erneut den Ellbogen ihrer Freundin an ihrem Arm und blickte zu ihr.

»Jetzt schau nicht so. Komm, lass uns weitergehen.«

Mit einem leichten Lächeln nickte Marea.

Doch es war nicht so einfach, die Gedanken auszublenden. Sie kamen an vielen Menschen vorbei, die ebenfalls den Zauber der Nacht genießen wollten. Ebenso wie an Pubs und Bars, vor denen sich die Touristen und vielleicht auch die Einheimischen tummelten und nach sich drinnen drängten.

Marea konnte sich denken, dass Grace lieber einer von ihnen sein würde, doch Grace schenkte dem bunten Treiben keine Beachtung.

»Ich glaube, ich kenne den Mann dort hinten bei dem Brunnen«, murmelte Marea, doch sie war sich nicht sicher.

Sie blickte zu Grace, die die Augen zusammenkniff und die Menschen beim Brunnen musterte.

»Welchen von ihnen? Dort sind mehrere Kerle.«

Marea wollte nicht mit dem Finger auf jemanden deuten und eine Beschreibung wäre auch nicht einfach gewesen. Gerade dachte sie noch darüber nach, wie sie Grace den Mann beschreiben sollte, als dieser auf sie deutete und mit einem Fremden auf sie zukam.

»Ich glaube, ich weiß jetzt, wen du meinst«, murmelte Grace und grinste. Je näher er kam, desto besser konnte

Marea das Gesicht des Fremden erkennen. Er war einer der besten Freunde ihres Bruders.

Hyas.

Er war vor wenigen Jahren nach Griechenland gegangen, um hier zu studieren und war nie wieder nach London zurückgezogen.

Ihr Bruder hatte zuhause noch darüber gewitzelt, ob sie ihm womöglich über den Weg laufen würde. Damals hatte Marea das lachend abgewehrt und war sich sicher gewesen, dass die Stadt viel zu groß war, um bekannte Gesichter zu treffen. Doch sie hatte sich wohl geirrt.

»Marea!«

Hyas breitete die Arme aus. Marea lächelte, trat an ihn heran und umarmte ihn. Hyas war ihr immer sympathisch gewesen.

»Hyas! Ich hätte nie gedacht, dass ich dich hier wirklich treffe«, sagte sie lächelnd, während Hyas lachte. Er drückte sie kurz an sich, ehe er sie wieder losließ und sich durch die blonden Haare fuhr, die ein wenig abstanden.

»Jonathan hat mir erzählt, dass du hierherkommst, aber ich habe nicht gedacht, dass du mir wirklich über den Weg laufen wirst!«, sagte er grinsend.

Wieder stieß Grace sie an, auch sie hatte ein breites Lächeln auf den Lippen.

»Willst du ihn mir nicht vorstellen?«, mischte sie sich ein und Marea nickte direkt.

»Ja, natürlich. Grace, das ist Hyas. Er ist ein Freund meines Bruders. Hyas, das ist meine beste Freundin Grace«, erklärte sie und der Angesprochene nickte, ehe er Grace die Hand hinhielt. Diese ergriff sie und schenkte ihm ein bezauberndes Lächeln.

»Das ist Arian, mein Mitbewohner. Wir wohnen zusammen in einer WG«, stellte Hyas seinen Begleiter vor.

Arian war nur ein wenig größer als Grace, hatte braunes Haar und dunkelgrüne Augen. Muskeln zeichneten sich unter seinem T-Shirt ab. Hyas war ein wenig größer als er, hatte blonde, abstehende Haare und braune Augen.

»Freut mich«, erwiderte Marea, ehe sie erneut zu dem Freund ihres Bruders blickte.

»Wo wollt ihr denn noch hin? Die besten Bars sind dort hinten, an denen seid ihr bereits vorbei gegangen«, erklärte Hyas, doch Marea schüttelte den Kopf.

»Wir wollten einen Blick auf die Akropolis werfen. Bei Nacht soll sie umwerfend sein. Zumindest habe ich das gelesen. Habt ihr schon etwas vor? Ihr könntet uns Gesellschaft leisten, dann müssen wir nicht allein nachts durch die Stadt laufen«, erwiderte Grace direkt und zwinkerte Hyas zu, der leise lachte.

»Ich glaube, da können wir gar nicht nein sagen«, sagte Hyas grinsend und auch Arian nickte abwesend, sah jedoch nicht überzeugt aus. Er wirkte eher griesgrämig und Marea fragte sich, ob er sich womöglich darüber ärgerte, dass Grace sie direkt beschlagnahmt hatte.

»Das ist nett, danke. Dann werden wir uns bestimmt sicherer fühlen oder, Marea?«, entgegnete Grace grinsend, doch Marea verdrehte lächelnd die Augen und schüttelte den Kopf über ihre Freundin.

»Du bist unmöglich, weißt du das?«

Grace zuckte mit den Schultern.

»Zur Akropolis müssen wir noch ein Stück gehen«, mischte sich Arian mit einem starken griechischen Akzent ein. Er deutete in eine Richtung und ging voraus.

Sofort setzte sich die Gruppe in Bewegung und Marea folgte ihm. Hyas ging neben ihr und sie musterte ihn aufmerksam.

»Wie geht es dir hier? Und was gibt es Neues?«

»Nun ja, ich habe das Studium abgeschlossen und arbeite jetzt als Arzt. Nächstes Jahr im Sommer werde ich heiraten«, erzählte er ihr und Marea weitete die Augen.

Damit hätte sie nicht gerechnet. Nie hatte Hyas den Eindruck erweckt, als würde er sesshaft werden wollen. Sie strahlte, als sie ihm in die Seite stieß.

»Herzlichen Glückwunsch! Wie heißt deine Verlobte?«, wollte sie wissen. Hyas nickte dankend.

»Helen. Vielleicht kannst du dich noch an sie erinnern. Ich war letztes Jahr mit ihr auf Jonathans Geburtstagsfeier«, erzählte Hyas und Marea nickte.

»Ja, ich habe mich mit ihr unterhalten. Sie ist wirklich nett! Das freut mich für dich!«

»Arian ist ihr Bruder. Ich habe ihn über sie kennengelernt«, erklärte er weiter, während Arian nach links abbog und die Gruppe über eine lange Treppe nach oben führte.

»Wohin gehen wir denn?«, mischte sich Grace ein, die mit ihren Schuhen doch Probleme hatte, die steinerne Treppe zu erklimmen. Sie gingen durch enge Gassen und an Häusern vorbei, als sie schließlich bei einer kleinen Dachterrasse ankamen. Vor ihnen, auf einem Felsen, erstreckte sich die Akropolis. Sie wurde beleuchtet, strahlte in der Nacht und Marea musterte sie staunend.

Für einen Moment vergaß sie sogar die Zurückweisung von Narius.

»D er Ausblick ist wirklich unbeschreiblich!«, murmelte Grace, die eine Hand auf Mareas Schulter gelegt hatte. Wie von selbst erwiderte Marea diese Berührung, drehte sich langsam zu ihrer Freundin und schenkte ihr ein zaghaftes Lächeln.

»Das stimmt. Ich bin froh, dass wir hierhergekommen sind«, erwiderte Marea, wandte sich von der Akropolis ab und spürte unendliche Dankbarkeit ihrer Freundin gegenüber, die ihr jetzt gerade beistand.

Ein wortloses Dankeschön huschte über ihre Lippen. Grace grinste und schüttelte den Kopf.

»Nicht dafür! Ich bin ja der Meinung, dass wir nachher alle in diese eine Bar gehen sollten, an der wir vorhin vorbei gegangen sind!«, schlug Grace vor und Marea nickte. Zwar war ihr nicht nach Feiern zumute, doch sie wollte Grace nicht den Abend verderben. Schließlich war sie für sie da und sie wollte ihr etwas zurückgeben.

»Eine gute Idee. Wir wollten später doch ohnehin ins Greek, oder?«, warf Hyas ein, der direkt zu Arian sprach. Der Grieche zuckte mit den Schultern und nickte. Er wirkte nicht sonderlich überzeugt, schien sie aber begleiten zu wollen.

Marea freute sich darüber, je mehr sie waren, desto eher konnte sie ihre Gedanken davon abhalten, in diese eine bestimmte Richtung abzudriften.

Sie spürte, dass Grace ihr mit dem Ellbogen in die Seite stieß und nickte ihr zu.

»An mir soll es nicht scheitern, lasst uns gehen«, meinte Marea. Grace quietschte leise und freute sich sichtlich darüber. Sofort hakte sie sich bei Marea unter und strahlte sie an.

»Ich dachte schon, dass du womöglich keine Lust darauf hättest!«, sagte Grace, während sie den jungen Männern folgten, die die Treppe hinabstiegen und somit vorgingen.

Marea zuckte bei Graces Worten mit den Schultern. Sie hatte den Nagel auf den Kopf getroffen. Lust hatte sie nicht, aber sie wollte Grace eine Freude machen.

»Unsinn, ein wenig Ablenkung kann nicht schaden, oder meinst du nicht?«, murmelte sie und hoffte, dass Grace ihr nicht ansah, wie es wirklich in ihr aussah.

Sie hatte Glück. Grace kam nicht hinter ihre kleine Notlüge. Stattdessen strahlten ihre Augen um die Wette, während sie die Treppen hinabstiegen und der Lärm der feiernden Leute immer lauter wurde.

Marea sah es Grace an, dass sie es kaum erwarten konnte, eine von ihnen zu werden.

»Wir sind gleich da«, beschwichtigte Marea Grace, die ungeduldig zu den Männern sah.

»Ich kann mich gar nicht entscheiden, was ich zuerst trinken soll. Schade, dass dein Freund kein Single ist«, erwiderte Grace und deutete mit einem Nicken zu Hyas, der sich mit Arian unterhielt. Marea war froh, dass er von ihrer Unterhaltung nichts mitbekam.

»Vergiss ihn, er war damals schon Hals über Kopf in Helen verliebt. Er sieht andere nicht mal ansatzweise an. Aber ich bin mir sicher, dass wir jemanden finden werden, der dir noch besser gefällt.«

»Athen ist verflucht. Narius hatte kein Interesse an mir und Hyas ist auch schon vergeben.«

Marea schüttelte den Kopf.

»Unsinn. Das waren zwei Männer von vielen. Ich habe keine Ahnung, wie viele Männer in Athen wohnen, aber nur weil zwei kein Interesse hatten, liegt noch lang kein Fluch auf dieser Stadt! Außerdem vergisst du wohl diesen Dunkelhaarigen, den du gestern in der Bar angesprochen hast. Oder hat er dich angesprochen? Ich weiß es nicht mehr genau«, meinte Marea, doch Grace zuckte mit den Schultern.

»Ach der, der zählt nicht. Aber ist auch egal – lass uns lieber weitergehen! Ich kann es kaum erwarten!«, sagte Grace grinsend und wandte sich an die Männer, die in ein Gespräch vertieft waren.

Marea konnte dem nicht folgen, denn sie unterhielten sich auf Griechisch, einer Sprache, die sie nicht beherrschte. Dennoch glaubte sie den Namen »Helen« gehört zu haben. Ob sie über Hyas Verlobte sprachen? Marea hoffte, dass Arian nicht dachte, dass sie und Grace hinter ihm her waren.

»Wollt ihr hier Wurzeln schlagen, oder kommt ihr mit?«, mischte sich Grace ins Gespräch ein, woraufhin sie einen missmutigen Blick von Arian erntete. Hyas jedoch nickte.

»Klar, wir kommen«, erwiderte er und schloss zu ihnen auf, dicht gefolgt von seinem Freund.

Zusammen betraten sie die Bar, die sich an der Straßenecke befand. Sie war gut besucht und es waren nur noch zwei Tische frei. Das Licht war gedimmt, während laute Rockmusik aus den Boxen schallte. Marea musterte die Einrichtung. Sie wirkte modern und viele in ihrem Alter tummelten sich hier.

Arian deutete auf einen der zwei freien Tische, woraufhin sie ihm folgten und Platz nahmen. Hyas saß ihr gegenüber, während Grace neben ihr Platz nahm und Arian sich neben Hyas fallen ließ. Sofort studierte Grace die Getränkekarte.

»Also, ich gehe an die Bar und besorge uns allen etwas zu trinken. Was wollt ihr?«, fragte Grace direkt und blickte vor allem zu Hyas und Arian.

Beide entschieden sich für Bier, ehe sich Grace an Marea wandte.

»Ich nehme dir dasselbe mit wie immer. Ich bin gleich wieder da!«, mit diesen Worten hatte sich ihre Freundin erhoben und drängte sich durch die Leute zur Bar, Arian und Hyas waren überrascht.

»Sie ist darin wirklich gut. Sie muss nie lang warten«, erklärte Marea ihnen. Arian erhob sich und murmelte, dass er Grace beim Tragen helfen wollte. Das glaubte Marea zumindest verstanden zu haben.

Marea vermutete eher, dass er ihrer Freundin nicht traute, doch sie wollte diese Gedanken nicht aussprechen. Sie blickte den beiden nach, als sie eine Berührung auf ihrer Hand spürte.

Überrascht wandte sie sich zu Hyas, der seine Hand auf ihre gelegt hatte.

»Was ist los mit dir, Marea? Du siehst so traurig aus.«

Marea hatte versucht, die Gedanken an Narius zu verdrängen, aber das war ihr offensichtlich nicht vergönnt.

»Ich möchte eigentlich nicht darüber sprechen«, sagte Marea, doch Hyas Blick war undurchdringlich. Er wirkte so, als würde er eine Abweisung nicht zulassen. Marea seufzte auf.

»Du kannst aber wirklich mit mir sprechen. Keine Sorge, ich verrate es auch nicht deinem Bruder.«

Wieder zuckte Marea mit den Schultern. Sie wollte die Gedanken wegschieben, sie irgendwo tief in sich verschließen und nicht mehr freilassen. Marea hob den Blick und sah direkt in seine dunklen Augen. Vielleicht sollte sie sich ihm doch anvertrauen. Vielleicht half es ihr. Ein Versuch konnte nicht schaden.

»Ich erzähle es dir, aber dann fragst du nicht weiter, in Ordnung?«, murmelte sie durch die Musik und war überrascht, dass er nickte. Wie hatte er sie durch den lauten Wirbel verstehen können?

Doch das war ihr gerade egal.

»Ich habe jemanden kennengelernt und wir haben uns gut verstanden. Gestern haben wir uns geküsst und heute hat er mich dann versetzt. Wir waren zum Abendessen verabredet, doch er ist nicht gekommen.«

»Dann ist er ein Idiot. Oder ihm ist etwas dazwischengekommen. Hast du versucht, ihn anzurufen?«, wollte er von ihr wissen, doch Marea schüttelte den Kopf.

»Nein, ich habe seine Nummer nicht. Ich glaube auch nicht, dass ich ihn je wieder sehen werde«, sagte sie, blickte zur Seite und bemerkte, dass Arian mit Grace zurückkam.

»Genug jetzt. Ich möchte nicht noch weiter darüber reden«, fügte sie hinzu, als ihre beste Freundin sich auf den Sitz fallen ließ und ihr einen Gintonic zuschob.

Sofort griff Marea nach ihrem Glas. Hyas hob seinen Becher und grinste ihnen zu.

»Dann lasst uns anstoßen. Auf den Abend«, sagte er und Marea war ihm dankbar, dass er ihren Wunsch respektierte und sie nicht mehr auf Narius ansprach.

»Ja! Und auf uns!«, warf Grace ein, ehe sie mit ihren Gläsern anstießen.

Marea nahm einen großen Schluck und leerte den Inhalt augenblicklich. Grace hob eine Augenbraue, als Marea das Glas auf den hölzernen Tisch abstellte.

»Was ist?«, wollte sie von ihrer Freundin wissen, die mit dem Kopf schüttelte.

»Wenn du jetzt schon so schnell trinkst, bin ich froh, dass ich vorhin direkt die zweite Runde bestellt habe. Du scheinst es heute wirklich eilig zu haben!«

Marea schnaubte und lehnte sich zurück, während ein Kellner vier weitere Getränke auf den Tisch stellte. Arian hob die Hand, steckte ihm Geld zu und schien etwas zu ihm zu sagen.

Marea verstand die Worte nicht, doch es war ihr auch egal. Sie vermutete, dass er ebenfalls etwas zu trinken bestellt hatte.

»Ich möchte ebenfalls zahlen«, sagte Marea, während sie nach dem zweiten Glas griff. Arian grinste sie an.

»Dann darfst du die vierte Runde bezahlen. Die Dritte geht auf mich«, erklärte er ihr und Marea nickte.

Offensichtlich zeigte sich Grace heute spendabel, wenn sie bereits acht Getränke ausgegeben hatte.

»Danke.«

Grace schüttelte den Kopf. Marea wusste, dass ihre Freundin stur war und ein Danke wirklich schwer annehmen konnte.

Sie lächelte, als sie an ihrem zweiten Drink nippte. Wer brauchte schon einen Mann, wenn man eine so gute beste Freundin haben konnte?

Und doch schmerzte der Gedanke an Narius, er versetzte ihr einen Stich ins Herz. Marea seufzte und schüttelte den Kopf.

Narius sollte aus ihren Gedanken verschwinden. Sie wollte ihn dort nicht haben. Als könnte der Gintonic ihr helfen, leerte sie auch das nächste Glas und merkte, wie ihre Sicht langsam verschwamm.

Sie wollte den Schmerz vergessen und ertränken, auch wenn sie wusste, dass sie diese Idee womöglich am nächsten Tag bereuen würde.

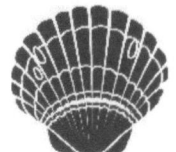

Kapitel 12

Poseidon

» *D* u hast was getan?«

Die aufgeregte Stimme Aphrodites polterte durch die göttliche Halle. So laut, dass deren Besucher unweigerlich zusammenzuckten. Auch Poseidon zog ein wenig den Kopf ein, doch die Wut der Göttin der Liebe traf ihn dennoch heftiger als gedacht.

Sie ließ ihre Faust auf den hölzernen Tisch niedersausen und die Weinbecher kippten zur Seite und verschütteten den Inhalt, dem Dionysos wehmütig hinterher blickte.

»Was für eine Verschwendung«, hörte Poseidon diesen murmeln, doch er kam nicht dazu, sich dazu zu äußern. Aphrodites Wutausbruch war längst nicht vorüber.

Die blauen Augen der Göttin funkelten gefährlich, während sich eine Zornesfalte auf der sonst so glatten Stirn gebildet hatte.

Im Augenwinkel bemerkte Poseidon, wie Artemis und Apollo rasch die Halle verließen. Er konnte sie verstehen, nur zu gern hätte er sie gebeten, ihn mitzunehmen. Doch das war ihm nicht vergönnt.

»Sag mir, dass du sie nicht versetzt hast, um anderen Frauen auf anderen Stränden hinterher zu schauen! Habt ihr denn aus dem Ganzen nichts gelernt? Du und deine Brüder, ihr seid stur wie Esel und genauso töricht! Wenn du es dir mit ihr verscherzt hast, dann ist es allein deine Schuld und mein Mitleid für dich hält sich in Grenzen!«

Jedes einzelne Wort Aphrodites peitschte auf Poseidon hinab und versetzte ihm einen harten Stich. Irgendwie konnte er ihren Standpunkt verstehen, doch er hatte seine Gründe gehabt.

»Ich möchte mich nicht nur auf eine Frau festlegen. Wenn sie es nicht ist, dann verspiele ich Zeit. Und du weißt selbst, dass davon nicht genügend vorhanden ist! Also hör auf, mir Vorwürfe zu machen!«

Auch seine eigene Stimme war laut und erinnerte an das wilde Rauschen des Meeres während eines Unwetters.

»Achso? Du möchtest dich nicht festlegen? Als du uns erzählt hattest, dass du sie gefunden hast, da warst du dir aber sehr sicher!«

Mittlerweile hatten auch die restlichen Götter die Halle verlassen und nur Aphrodite und Poseidon blieben zurück. Selbst Dionysos, den nichts so schnell aus der Ruhe bringen konnte, hatte es vorgezogen, seinen Wein woanders zu trinken.

»Nein, denn sie ist nicht so wie sie! Sie kann nicht schwimmen und du weißt selbst, dass Amphitrite das sehr wohl konnte! Außerdem sollte sie sich doch an mich erinnern, aber das tut sie nicht! Wie soll ich mir dann sicher sein?«

Die wutentbrannte Stimme Poseidons verwandelte sich in Schmerz. Schmerz, der davon zeugte, dass er den Verlust seiner Liebe nicht überstehen würde. Seine Worte wurden brüchig, verloren an Wut und als er verstummte, war auch der zornige Ausdruck in Aphrodites Augen wie weggefegt.

»Poseidon. Du musst auf dein Herz hören. Wir können dir nicht helfen, wenn du dir die Steine selbst in den Weg legst.«

Das wusste er auch, dennoch hatte er auf mehr Hilfe gehofft. War Aphrodite nicht die Göttin der Liebe? Sie musste doch sehen, ob in Marea Amphitrite verborgen war.

»Als Göttin der Liebe solltest du mir mehr helfen können. Oder Eros, aber der ist nicht auffindbar«, murmelte Poseidon, doch Aphrodite zuckte mit den Schultern. Sie ließ sich auf einen der Stühle nieder und stieß einen lauten Seufzer aus.

»Was denkst du denn, was wir machen sollen? Sie dazu bringen, sich unsterblich in dich zu verlieben?«

Auf diese Frage hin nickte Poseidon und wieder war es Aphrodite, die verächtlich schnaubte.

»Das könnte ich tun, aber das werde ich nicht. Auch Eros wird dir diesen Wunsch nicht erfüllen.«

Poseidon ließ sich ihr gegenüber auf einen der Stühle sinken und griff nach dem Weinkrug. Er setzte ihn an seine

Lippen und trank mit großen Schlucken, begleitet von Aphrodites angewiderten Blick.

»Das ist ekelhaft.«

Doch Poseidon zuckte mit den Schultern, stellte den Krug wieder auf den Tisch und lehnte sich näher zu Aphrodite.

»Das kann dir egal sein. Sag mir lieber, wieso weder du noch Eros mir helfen werdet.«

In seiner Stimme lag eine unausgesprochene Drohung, doch auch wenn die Göttin sie bestimmt bemerkt hätte – immerhin hatte er sich nicht die Mühe gemacht, sie zu verstecken – ignorierte Aphrodite sie.

»Wir helfen nur bei Herzen nach, die zueinander gehören. Wenn ich jemanden dazu bringe, sich in eine Person zu verlieben, dann tue ich dasselbe mit ihrem Gegenüber. Alles andere wäre nicht fair, denn wenn ich einmal eingegriffen habe, dann kann ich es nicht mehr zurücknehmen. Erwidert die andere Person die Gefühle nicht, dann wird sie auf ewig unglücklich und kann an gebrochenem Herzen sterben.«

Eine Erklärung, die Sinn ergab. Doch für Poseidon war das nicht aussagekräftig.

»Seit wann interessiert dich das Schicksal der Menschen?«

Aphrodite verdrehte die Augen und er beobachtete, wie ihre Finger durch das seidige, blonde Haar strichen.

»Mir sind sie auch egal, aber wir müssen besser sein als damals. Und bevor wir weiter darüber sprechen: ich kann dich nicht an sie binden. Zeus hat uns verboten, Götter zu beeinflussen. Erinnere dich an Apollo, der Eros verspottete und sich unsterblich in Daphne verliebte, die bis heute ein Lorbeerbaum ist. Zeus fand das nicht so lustig und seitdem dürfen wir andere Götter nicht mehr beeinflussen. Auch wenn es wirklich amüsant war.«

Poseidon grinste, als auch er sich daran erinnerte. Apollo hatte Eros als schlechten Schützen verspottet und dieser hatte einen goldenen Liebespfeil auf ihn und einen bleiernen, der die umgekehrte Wirkung hatte, auf Daphne geschossen.

»Ich bin mir sicher, dass er eine Ausnahme machen wird. Wir können mit ihm sprechen, es ist dringend.«

»So dringend es auch ist, ich erlaube es nicht.«

Überrascht drehte sich Poseidon zur Seite, als er die Stimme seines älteren Bruders Zeus erkannte. Dieser betrat zusammen mit seinem anderen Bruder Hades die Halle. Es überraschte ihn, Hades zu sehen, denn dieser kam nur äußerst selten auf den Olymp.

»Wenn du dich irrst, und das ist durchaus möglich, dann wird das für die Menschenfrau kein gutes Ende nehmen.«

Die Stimme von Zeus war belehrend und Poseidon schnaubte laut auf. Er erhob sich und trat auf seine Brüder zu.

Zeus war der Größte von ihnen, sein brauner Bart war gestutzt und zeichnete das kantige Kinn nach. Auch seine braunen Haare trug er etwas kürzer, bedeckten sie früher noch den halben Rücken, so erreichten sie jetzt gerade nur die Schultern. Hades hatte sich im Gegensatz zu damals kaum verändert. Er wirkte dunkler als die anderen Götter, obwohl er genauso helle Haut hatte wie sie, doch eine düstere Aura schien ihn zu umgeben. Poseidon vermutete, dass das dem Totenreich zurückzuführen war.

Seine Haare waren kurz, schwarz und die Augen hellblau. Die blauen Augen hatten die Brüder allesamt gemeinsam. Während Poseidons an das Meer erinnerten, waren Zeus himmelblau. Hades Augen wirkten jedoch kalt und erinnerten an die Haut eines Toten.

»Das ist bescheuert.«

Hades nickte und stimmte ihm zu, doch Zeus ernstes Gesicht durchzuckte keine Regung. Er klopfte mit der Faust auf den Tisch.

»Sie erinnert sich nicht.«

Poseidon konnte nicht verhindern, dass ein Quengeln sich in seine Stimme geschlichen hatte. Hades verdrehte über seine Worte die Augen und ließ sich mit einer geschmeidigen Bewegung auf einen der Stühle nieder.

»An dich würde ich mich auch nicht erinnern wollen.«

Dunkel war die Stimme des Totengottes und doch wusste Poseidon, dass Hades diese Worte wohl nicht wirklich ernst meinte. Er zog ihn auf und wollte die

Stimmung lockern. Doch dieses Tun war nicht von Erfolg gekrönt.

»Das sagt der, der seine Frau in die Unterwelt verschleppt hat.«

Wieder donnerte eine Faust auf den Tisch und die beiden Brüder verstummten. Im Augenwinkel bemerkte Poseidon, wie Aphrodite die Augen verdrehte und sich elegant erhob.

»Wie auch immer, diese Sache musst du allein regeln, Poseidon. Das gilt auch für euch, bevor jemand auf die Idee kommt und mich fragt. Ich habe jetzt wichtigeres zu tun, Dionysos wartet auf mich.«

Sie hob die Hand, winkte ihnen zu und verließ mit wiegenden Hüften die Halle.

Poseidon konnte verstehen, dass Aphrodite die Flucht ergriff, denn wenn er und seine Brüder aufeinandertrafen, dann wurde es meistens laut.

»Ihr wart auch noch nicht erfolgreich, oder?«, richtete Poseidon seine Worte an seine Geschwister, die seufzend mit den Köpfen schüttelten.

Keine Anklage lag in seinen Worten, dennoch war er froh, nicht der Letzte zu sein, der seine Frau wiederfand.

»Es gibt Gerüchte über Hera, ich werde sie bestimmt finden.«

Poseidon musterte Zeus, der mitgenommen aussah. Nie hätte er gedacht, dass der oberste der Götter tatsächlich mehr für Hera, seine Frau und Schwester, übrighatte.

»Wir verschwenden hier unsere Zeit. Poseidon, warte nicht auf ein Zeichen. Ich bin mir sicher, dass du es fühlen kannst, wenn du die richtige Frau vor dir hast. Ich habe damals, als ich Persephone das erste Mal sah, ebenfalls gewusst, dass sie die Frau ist, die an meine Seite gehört.«

Hades Worte waren nicht sonderlich aufbauend, immerhin hatte sich Poseidon von diesem Besuch des Olymps mehr erhofft. Dennoch nickte er ihm zu und wusste, dass er nicht mehr erwarten konnte.

Ob Marea Amphitrite war, das würde sich wohl erst zeigen.

Kapitel 13

Marea

*M*area wusste nicht mehr, wie viele Gläser sie bereits geleert hatte. Der Raum drehte sich um sie und sie widerstand dem Drang, sich die Augen zu reiben und nach sicherem Halt zu greifen. Die Blöße wollte sie sich nicht zumuten.

»Geht es dir gut?«

Es war die Stimme Hyas, die an ihr Ohr drang und sie dazu brachte, verwirrt zu blinzeln. Linkisch wandte sie sich ihm zu und kam dabei auf ihrem Sitzplatz gefährlich ins Wanken. Es half nichts, sie legte die Finger an die Tischplatte und krallte sich an ihr fest.

»Ja.«

Sie glaubte sich selbst nicht. Marea zuckte allerdings über ihre eigenen Worte mit den Schultern und griff nach dem Glas, welches sie noch eben geleert hatte. In einem Zug hatte sie das sogar geschafft, etwas, was ihr zuvor noch nie gelungen war.

Noch immer hallte ein bestimmter Name in ihrem Kopf wider, bestimmte ihre Gedanken und drückte einen schmerzhaften Stich in ihr Herz. Marea kniff die Augen zusammen und blendete alles Weitere aus.

Narius.

Wie hatte er sich so in ihren Kopf schleichen können? Wie hatte er es geschafft, sie so zu beherrschen? Wut fuhr durch ihren Körper. Die Finger ballten sich zu Fäusten, während sie sich mit einem Ruck nach hinten drückte, wieder fast aus dem Gleichgewicht kommend.

Doch die Lehne verhinderte einen Sturz und die Geräusche von diesem Tun gingen in der lauten Musik unter.

»Was?«

Fast schon aggressiv war ihre Stimme, als sie sich Grace zudrehte, die nach ihrem Oberarm gegriffen hatte und ihr noch zusätzlich Halt gegeben hatte. Das hatte Marea gar nicht mitbekommen. Erst jetzt, als sie die Finger ihrer Freundin um ihren Oberarm sah, bemerkte sie es.

»Du bist betrunken, das ist der Typ auch nicht wert.«

Normalerweise wäre Marea vernünftig gewesen, hätte gewusst und dass ihre Freundin recht hatte. Doch in diesem Zustand wollte sie das alles nicht hören.

Der laute Bass wummerte in ihren Ohren und der Lärm der anderen Gäste erschwerte alles zusätzlich noch.

»Du hast keine Ahnung. Er war toll. Er war perfekt!«

Wehmut mischte sich in ihre Worte und Marea hoffte, dass Grace das nicht bemerken würde.

Nein, sie wollte keine weitere Standpauke ihrer Freundin erhalten. Egal wie sehr sie es auch gut mit ihr meinte.

»Wenn er perfekt gewesen wäre, dann hätte er dich nicht sitzen gelassen. Marea, du bist viel zu sehr auf ihn fixiert! Du solltest dich lieber umsehen, hier gibt es so viele Kerle und du, du hängst an diesem einen Typen! Das ist nicht gut für dich, glaub mir. Außerdem ist er ein Idiot. Wenn er dich versetzt, dann hat er sowieso kein Interesse an dir. Wer weiß, wie viele Frauen er nebenbei hat.«

Diese Worte waren wie ein Stich ins Herz, wie Öl, das ins Feuer gegossen wurde. Marea spürte, wie sich ihre Augen mit Tränen füllten und ihre Fingernägel gruben sich in ihre Handflächen.

»Grace, lass sie doch! Es geht ihr nicht gut, sie ist betrunken«, mischte sich Hyas ein, doch Marea beachtete ihn nicht. Die Welt um sie herum geriet ins Wanken.

Auch sie hatte diese Dinge, die Grace ausgesprochen hatte, in ihren Gedanken gehabt und sich verschiedenste Szenarien vorgestellt. Doch es ausgesprochen zu hören, das war etwas gänzlich anderes. Es schmerzte.

Sie wollte nicht weinen, doch es gelang ihr nicht. Die erste Träne rollte über ihre Wange und tropfte auf den dunklen Tisch der Bar. Marea hob den Blick und wandte sich direkt an Grace. Diese weitete die Augen, denn sie hatte offensichtlich mitbekommen, wie sehr es Marea zusetzte, dass sie die Worte gesagt hatte, die unausgesprochen zwischen ihnen gelegen waren.

»Marea...«, setzte Grace an, doch Marea schüttelte den Kopf. Zu der Traurigkeit kam Wut, Wut auf ihre Freundin. Was glaubte Grace eigentlich, wer sie war? Hielt sie sich für etwas Besseres, nur weil alle Männer normalerweise hinter ihr her waren und Marea nicht beachteten?

»Du bist doch nur neidisch!«, schleuderte Marea ihrer besten Freundin entgegen. Grace hob eine Augenbraue, doch Marea war noch nicht fertig.

»Einmal hat sich jemand auch für mich interessiert, nicht für dich! Das konntest du nicht sehen, stimmts? Du hast Narius direkt für dich haben wollen, als wir ihn kennengelernt haben. Aber er hat dich nicht beachtet und das hat dich gestört! Ist es nicht so?«

Stille herrschte zwischen ihnen. Marea glaubte, ein Räuspern von Hyas Seiten mitbekommen zu haben, doch darauf achtete sie nicht. Im Augenwinkel bemerkte sie, wie Arian einen Schluck von seinem Getränk nahm und belustigt zwischen ihnen hin und her blickte. Wenigstens schien einer von ihnen gerade Spaß zu haben.

»Hey, es nützt alles nichts, wenn ihr euch jetzt streitet. Ihr habt beide viel getrunken. Kommt, wir gehen und morgen sieht die Welt schon wieder anders aus«, drang Hyas Stimme zu Marea durch, doch sie schüttelte den Kopf.

»Ich möchte aber nicht mit ihr in einem Zimmer schlafen.«

Es war Marea egal, dass sie sich wie ein trotziges, kleines Kind verhielt. Marea sah ihrer Freundin an, dass sie noch immer über ihre Worte nachdachte, doch Graces Stirn war in Falten gelegt. Zornesfalten.

Sie war wütend und Marea kannte Grace gut genug, um zu wissen, dass sie die Wut nicht einfach hinunterschlucken würde.

»Wie sprichst du eigentlich mit mir! Ich bin deine beste Freundin und du stellst mich hier so dar, als würde ich dir nichts gönnen wollen! Hörst du dir eigentlich selbst zu? Du spinnst doch komplett!«, polterte Grace verspätet los. Wie immer, wenn sie zornig war. Marea kannte diesen Charakterzug von ihr und wusste, dass es in diesem Zustand länger dauerte, bis Worte über ihre Lippen kamen.

»Du wirfst mir hier Sachen an den Kopf, die nicht berechtigt sind! Ich glaube, dass dir dieser Kerl zu Kopf gestiegen ist. Werde erst wieder normal, bevor du mich je wieder ansprichst, hast du verstanden!«

Wütend musterte Grace Marea. Normalerweise wäre Marea davon eingeschüchtert, doch nicht heute. Nicht in diesem Zustand. Sämtliche Emotionen brodelten in Marea hoch, Emotionen, die sie nicht ausleben konnte und von denen sie nicht wusste, wie sie damit umgehen sollte.

Sie musste sie in die Freiheit entlassen, musste sie jemandem an den Kopf werfen. Egal, ob es gerechtfertigt war oder nicht. Noch immer drehte sich die Welt vor Mareas Augen und sie hielt sich weiterhin am Tisch fest.

»Ich bin normal! Sag mir nicht, wie ich zu sein habe! Du kannst ruhig zugeben, dass es dir nicht gepasst hat, dass Narius sich für mich interessiert hat und nicht für dich! Denn noch nie hat jemand, den du haben wolltest, sich nicht für dich interessiert. Also gib ruhig zu, dass du damit nicht zurechtkommst!«

Jedes Wort Mareas war wie ein scharfes Messer, das sie tief in Graces Körper rammen wollte. Sie wollte jemanden verletzen, so wie sie verletzt war. Wohin sonst sollte sie ihre Gefühle stecken? Gefühle, die sie sonst noch nie kennengelernt hatte und mit denen sie noch nie zuvor hatte umgehen müssen?

Eine weitere Welle der Emotionen schwappte über Marea und ließ sie herzergreifend aufschluchzen. Sie schlug die Hände vor die Augen. So konnte sie den anklagenden Blick ihrer besten Freundin, die wohl am Ende des Abends nicht mehr ihre Freundin sein würde, nicht mehr sehen, ebenso wenig wie die Blicke Hyas und Arians.

Sie spürte eine Berührung am Arm, während die ersten Tränenbäche über ihre Wangen strömten.

Wie peinlich!

Marea sprang auf, ohne nachzudenken. Sie wusste nicht, warum sie das getan oder gesagt hatte. Nie war sie so gewesen wie jetzt.

Schuldgefühle vermischten sich mit Schmerz, die Wut verebbte und Traurigkeit blieb zurück. Die Welt geriet ins Wanken, als sie aufgesprungen war und sich von ihrer Sitzgelegenheit entfernen wollte.

Wieder eine Berührung auf ihrem Arm, ein Ziehen, das sie zurück auf ihren Platz bringen wollte. Doch Marea wollte das nicht. Völlig apathisch schulterte sie ihre Handtasche und wandte sich von ihren Freunden ab.

Sie schämte sich. Schämte sich für den Zornesausbruch, der über sie gekommen war. Schämte sich für die Tränen, die nicht versiegen wollten.

Und sie schämte sich für ihre Gefühle dem Mann gegenüber, der ihr Herz gebrochen hatte.

Wieder erschütterte ein heftiges Schluchzen ihren Körper und noch immer wagte sie es nicht, die Hände von ihren Augen zu nehmen. Sie musste schrecklich aussehen. So schrecklich, wie sie sich gerade fühlte.

Der Alkohol hielt sie fest in seinen Fäden, ließ sie wie eine Marionette tanzen und Marea hatte Angst, was sie als nächstes tun würde. Sie hatte andere genug verletzt, sie war zornig und gemein genug gewesen.

»Es... es tut mir leid!«

Diese Worte erstickten fast in ihrem Schluchzen, als sie sich unwirsch von dem Arm befreite, der ihr doch auch etwas Halt gegeben hatte. Marea nahm die Hände von den Augen, immerhin musste sie doch sehen, wohin sie ging.

Sie hörte, wie ihr Name gerufen wurde. Doch sie drehte sich nicht um, stürzte aus der Bar und lief so schnell es ihr nur möglich war über die Straße.

Vorbei an einem Auto, das sie beinahe erfasst hatte und sie wütend anhupte. Energische Worte in einer fremden Sprache wurden aus den offenen Fensterscheiben des Wagens gebrüllt, doch Marea verstand sie nicht. Sie hielt sich an einem Geländer auf der Straßenseite fest.

Noch immer drehte sich die Welt um sie herum und Übelkeit überkam sie. Doch sie musste hier fort, sie wollte weg von dem Ort, der zu einem Ort der Schande für sie geworden war. So kletterte sie über das Geländer und ließ sich auf die darunterliegende Straße fallen, die nur ein paar Meter weiter unten lag.

Normalerweise hätte sie das niemals getan. Normalerweise hatte sie Angst vor Höhe. Doch sie überwand die Angst und bekam nicht mit, was sie tat. Als sie auf dem harten Beton aufkam, schmerzten ihre Knochen, doch sie ignorierte es und hastete weiter. Nur wage bemerkte sie, dass sie sich irgendwie das Knie aufgeschlagen und sich etliche Kratzer zugezogen hatte. Doch sie musste weiterlaufen.

Weiter in die einzige Richtung, in die es sie gerade zog. In die Richtung des Meeres.

Kapitel 14

as Meer, das nach ihr gerufen hatte und dessen Stimme sie gefolgt war. Das war seltsam, immerhin hatte sie nie viel mit dem Wasser verbunden.

Nun stand sie hier am Hafen, nachdem sie unzählige Gassen entlanggelaufen war. Sie wusste nicht, an welchem Hafen sie sich genau befand oder wie sie wieder zurück in ihr Hotel kommen sollte. Das war Marea egal, sie achtete nicht darauf. Immerhin war sie sich sicher, dass sie ihre einzige und beste Freundin heute verloren hatte.

Wie hatte sie auch nur solche Worte aussprechen können? Wie hatte sie Grace solche Dinge an den Kopf werfen können? Der Alkohol hatte aus ihr gesprochen, ihre Gedanken vernebelt und ihre Seele verpestet. Sie war verzweifelt und dieses Gefühl hatte nach ihrem Herz gegriffen und es fest in seinem Griff gehabt.

Ein Schluchzen drang aus ihrer Kehle, während sie einen Steg entlang wankte.

Das alles war nur die Schuld von Narius!

Er war es gewesen, der sie versetzt und der sie hier zurückgelassen hatte. Er hatte sich mit ihr treffen wollen und war nicht rechtzeitig aufgetaucht – falsch! Er war gar nicht erschienen und sie war wie eine Blöde dagestanden. Aufgestylt und hergerichtet, wie ein schöner Blumenstrauß, den man am Ende des Tages getrost in den Müll werfen konnte!

Genauso fühlte sie sich gerade. Wie Müll.

Wo noch Verzweiflung war, trat Zorn an die Oberfläche und sie kickte einen Schuh von ihren Füßen, ehe sie ein Platschen hörte. Verwirrt folgte sie dem Schuh mit ihrem Blick und stellte erst viel zu spät fest, dass sie ihn gerade im Meer versenkt hatte.

»So ein Mist aber auch!«, fluchte sie laut und trat mit dem anderen Fuß fest auf. Marea ärgerte sich darüber, dass sie jetzt wie eine verwahrloste Obdachlose wirken musste. So sah sie bestimmt auch aus. Sie wollte gar nicht wissen, wie sehr ihre Haare in Mitleidenschaft gezogen waren, als sie sich durch die Büsche gekämpft hatte - wie eine Wahnsinnige, die ihres Verstandes nicht mehr mächtig war. Dass sie dabei ihre Handtasche nicht verloren hatte, überraschte sie wirklich.

»Und das alles nur wegen irgendeinem Idioten. Ich hasse ihn. Ich hasse ihn!«, brüllte sie laut dem Meer zu. Ein paar Möwen krächzten ihr zurück und Marea entschied sich dafür, dass diese ihr zustimmen würden. Verstimmt setzte sie ihren Weg fort, ging weiter und hielt sich dabei an jeder Straßenlaterne fest, die sich ihr in den Weg stellte.

Noch immer drehte sich die Welt um sie herum und sie geriet immer öfter ins Wanken.

Je mehr sie sich ärgerte, desto wilder schien sich die Welt zu drehen. Ein Teufelskreis. Marea hörte etwas, drehte sich zur Seite und bemerkte, dass sie angesprochen wurde, doch sie verstand die Sprache nicht.

»Ich spreche kein Griechisch«, murmelte sie müde und der Fremde räusperte sich. Eigentlich wollte sie gerade mit niemandem sprechen, erst recht nicht mit einem Mann, den sie noch nie zuvor gesehen hatte.

»Geht es dir gut?«, fragte er sie in gebrochenem Englisch. Erst jetzt bemerkte Marea, dass der Fremde eine Frau an seiner Seite hatte. Sie wirkten glücklich. Die junge Frau klammerte sich an dem Arm ihres Begleiters und musterte Marea abwertend. Das sah sie genau in ihrem Blick. Sie verurteilte Marea für ihr wildes Aussehen und bestimmt auch für ihren betrunkenen Zustand, der alles andere als charmant sein musste. Betrunkene waren selten anziehend und strahlten meistens eine Verzweiflung und Befremdung aus.

»Das geht dich nichts an.«

Mareas Stimme war heiser vom Weinen und man konnte ihr deutlich anhören, dass es ihr alles andere als gut ging. Sie spürte erneut den prüfenden Blick der Frau auf sich und kämpfte gegen den Drang an, ihrer Übelkeit nachzugeben und der Frau vor die Füße zu kotzen. Denn genau das war es, was sie zusätzlich quälte: eine Übelkeit, ausgelöst durch zu viel Alkohol und die sie so schnell nicht mehr loswerden würde.

Sie fühlte sich miserabel und ärgerte sich selbst über ihr Verhalten. Wäre sie nüchtern, hätte sie sich bei dem Fremden bedankt und hätte sogar nett mit ihm reden können, doch jegliche Nettigkeit hatte sie im Zuge des Rausches abgelegt.

Verbitterung und Zorn waren geblieben, etwas, was ihr nicht gut zum Gesicht stand und worauf sie nicht stolz war. Doch das abzulegen, das fiel ihr schwer und gelang ihr schlussendlich nicht.

»Wir können dir ein Taxi rufen. Du siehst nicht so aus, als würdest du allein zurückfinden.«

Konnte der Fremde sie nicht in Ruhe lassen? Marea hatte genug von griechischen Männern. Wieder tauchte das Bild von Narius vor ihrem geistigen Auge auf und sie schüttelte den Kopf.

»Du hast deinen Schuh verloren, das ist dir schon bewusst, oder?«, mischte sich die Frau ein. Erneut spürte Marea den abwertenden Blick über sich und hob eine Augenbraue.

»Ich brauche ihn nicht mehr, Schuhe sind überbewertet. Solltest du mal ausprobieren«, nuschelte sie und schlüpfte im selben Augenblick aus ihrem anderen Schuh. Sie trat nach ihm und auch dieser landete mit einem lauten Platschen im Meer. Die Frau hob eine Augenbraue.

»Lasst mich einfach in Ruhe. Ich möchte mit niemandem sprechen!«

Die Frau zuckte mit den Schultern und zog an dem Arm ihres Begleiters. Doch dieser schien sich mehr Sorgen um sie zu machen, denn in seinem Blick lag keine Ablehnung oder gar Missachtung. Im Gegenteil.

Konnte Marea in seinen Augen Mitleid erkennen? Sie erwartete weitere Worte, doch nichts folgte.

»Lass uns gehen, sonst kommen wir noch zu spät.«

Offensichtlich hatte das Pärchen noch etwas vor und Marea schien ihnen in die Quere gekommen zu sein. Der Mann gab der Bitte der Frau nach, warf Marea einen letzten Blick zu und gemeinsam schlenderte das Paar weiter.

Marea schämte sich für ihren Anblick und war sich sicher, dass sie erbärmlich aussehen musste. Abermals traten Tränen in ihre Augen, während sie weiterging, bis sie nicht mehr konnte. Langsam ließ sie sich auf den Boden rutschen, legte die Tasche neben sich ab und schluchzte leise.

Wind kam auf und sie konnte das Tosen der Wellen hören, sowie das Rauschen des Meeres. Es beruhigte sie, konnte aber nicht verhindern, dass sie ihrer Traurigkeit freien Lauf ließ.

Marea fühlte sich so, als hätte sie alles verloren.

Alles.

Sie sackte nach vorn und wollte sich an die Reling lehnen. Doch wo ansonsten das harte Holz gewesen wäre, war nichts mehr. Nichts als Leere, in die sie sich lehnte und schließlich übermannte sie das Übergewicht und riss sie in die Tiefe.

Der Fall kam zu plötzlich, sodass sie keinen Schrei mehr zustande bringen konnte.

Kaum öffneten sich ihre Lippen, merkte sie, wie sich ihr Mund mit Wasser füllte. Kaltes Wasser, das sie umgab und sie wie eine Umarmung fest an sich presste. Instinktiv versuchte sie, es loszuwerden. Doch es gelang ihr nicht.

Wie wild schlug Marea um sich, den Blick nach oben gerichtet – war oben überhaupt oben, oder starrte sie gerade in die Tiefe des Meeres, in den Abgrund, der sie zu verschlingen drohte?

Sie verfluchte sich selbst, verfluchte die Tatsache, dass sie keine Minute im tiefen Wasser überleben konnte. Das war ihr Ende. Konnte ihr Leben denn schon vorbei sein? Ihr Leben, das noch vor ihr lag und wo sie noch so vieles hatte erleben wollen?

Marea schloss die Augen. Panik machte sich in ihr breit und ihr Herz schlug wie wild. Ihre Beine strampelten, doch sie trieb nicht in die Höhe. Wie ein Stein sank sie tiefer und tiefer, ehe sie eine Hand nach oben ausstreckte.

Erneut öffnete sich der Mund, ein stummer Schrei rollte über ihre Lippen und Wasser drang in ihre Kehle. Sie weitete die Augen und versuchte, nicht das Wasser einzuatmen. Doch sie war noch nie gut darin gewesen, lang die Luft anzuhalten.

Eine Berührung an ihrem Bein ließ sie zusammenzucken. Ein Fisch oder vielleicht auch ein Hai? Ironisch wäre es, wenn sie geradewegs von einem Hai verschlungen werden würde, während sie im Inbegriff war, zu ertrinken.

Doch so weit kam sie nicht, jemand drückte sie von unten hinauf, presste sie zurück zur Wasseroberfläche. Sie durchbrach die Wellen, richtete sich auf und japste nach Luft. Marea hustete, schlug um sich, als ihr Retter neben ihr erschien und sie sich instinktiv an ihm festhielt.

Erst jetzt realisierte sie, was sie gerettet hatte. Marea starrte direkt in die dunklen Augen eines Delfins, der ein hohes Geräusch von sich gab und die Schnauze an sie stieß.

Ein Delfin, ein Retter in ihrer Not. Sie schlang die Arme um den kalten, glatten Körper, wobei sie die Kälte spürte, die durch ihren Körper schoss. Wind kam auf und sie fröstelte. In diesem Moment bemerkte sie, dass Tränen über ihre Wangen rollten.

Tränen der Erleichterung, denn sie war nicht gestorben.

Sanft fiepte der Delfin erneut und wiegte Marea, die schluchzend an ihm geklammert im Wasser trieb, während die Wellen ein beruhigendes Lied sangen.

Marea hatte eine zweite Chance geschenkt bekommen.

Die Entscheidung

Amphitrite

*I*n dieser Nacht hatte Amphitrite keinen Schlaf gefunden. Erschöpft hatte sie sich in dem Bett hin und her gewälzt und selbst die langsamen und gleichmäßigem Atemzüge Atlas hatte sie nicht in den Schlaf wiegen können. Müde war sie, als sie sich aus dem Bett emporhob und die Beine mit einer eleganten Bewegung auf den Boden stellte.

Wie lang sie schon hier war, das wusste Amphitrite nicht. Sie hatte die Tage nicht gezählt, die sie auf der Insel verbrachte, auf der Atlas lebte. Ob Poseidon nach ihr suchte? Da war sie sich sicher, denn jeden Morgen, wenn sie sich zum Meer davonstahl, fand sie ein kleines Geschenk am Strand. Gestern hatte sie eine wunderschöne Muschel von ihm erhalten, die an einer goldenen Kette hing. Amphitrite wagte es nicht, diesen Schmuck zu tragen, doch sie hütete ihn wie ihren Augapfel. Verborgen am Strand, wo sie auch die weiteren Geschenke Poseidons aufbewahrte. Vergraben unter einem Stein, fast so, als hätte sie Angst, dass ihr jemand die kleinen Schätze rauben würde.

Mit einer raschen Bewegung fuhr sie sich durch ihr Haar und schlich aus der Hütte. Dabei warf sie einen kurzen Blick zurück, sah zu der schlafenden Gestalt Atlas und wandte sich wieder ab.

Amphitrite fühlte sich hier geborgen und sicherer als in jenem Zuhause, das sie zunächst gehabt hatte. Im Meer hatte sie nicht bleiben können und mit jedem weiteren Tag vergaß sie die Angst, die sie hierhergetrieben hatte. Wie von selbst ging sie langsam den Weg durch die Bäume und Sträucher und spürte dabei den harten Boden unter ihren Füßen. Sie brauchte das Wasser, denn als Nereide war es ihr unmöglich, lang ohne es leben zu können. Noch war Helios Wagen nicht über den Himmel gezogen worden, es war Nacht. Vorsichtig blickte Amphitrite nach oben in die Sterne und erstarrte. Der Nachthimmel sah nicht so aus wie sonst. Die Sterne befanden sich an einer anderen Stelle und bildeten ein neues Bild, das sie noch nie zuvor gesehen hatte. Zwei Figuren, zwei Menschen. Ein Liebespaar. Instinktiv wusste Amphitrite, dass dieses Bild ein weiteres Geschenk an sie darstellte. Ein Lächeln erschien auf ihren Lippen und eine Weile betrachtete sie das Sternbild, ehe sie weiterging.

Wie von selbst führte sie der Weg zum Strand, wo sie die Wellen begrüßte, die sich um ihre nackten Zehen wanden. Lang würde sie nicht bleiben können, erlaubte sich selbst die kurze Berührung zur See und wusste zugleich, dass sie sich rasch zurück in den Schutz der Wälder zurückziehen musste. Doch sie würde nicht gehen, ohne vorher nach den Geschenken zu sehen. Der Muschel, den kleinen Edelsteinen und anderen Kleinigkeiten, die sie von Poseidon erhalten hatte.

Amphitrite genoss das kühle Nass, spürte, wie ihre Lebensgeister wieder erwachten. Doch genug, sie musste sich abwenden, musste gehen. Die Sonne war noch nicht gänzlich aufgegangen, der Himmel hatte jedoch bereits ein Orange angenommen. Bald würde Helios die Sonne auf den Himmel ziehen und somit die Nacht gänzlich verdrängen. Das Orange deutete sein Kommen an, lang würde es nicht mehr dauern, bis er die Sonne über die Menschen platzieren würde. Dann würde sie wieder sichtbar werden, sichtbar für die Welt. Ob Poseidon sie beobachtete und ob er ein Auge auf sie hatte?

Der Gedanke daran erfüllte sie mit einem Schaudern und doch auch mit einer gewissen Vorfreude. Sollte sie zu Atlas zurückgehen, oder doch weiter ins Meer waten? Sie hatte in den letzten Tagen schon darüber nachgedacht, doch sie war zu keinem Entschluss gekommen.

Sie trat zurück, weg vom Wasser und wandte sich gänzlich ab. Hastig ging sie weiter auf die Bäume und Sträucher zu, als ein Geräusch im Wasser sie zusammenzucken ließ.

Das Fiepen eines Delfins ertönte und sie drehte sich wieder um. Sie irrte sich nicht, tatsächlich war es ein Delfin, der aus den Wellen emporblickte, auf und ab sprang und dabei ein Kunststück vollführte. Ein Lächeln zeichnete sich auf Amphitrites Lippen ab. Ihr Vorhaben zu gehen, war mit einem Schlag vergessen. Langsam trat sie näher auf das Tier zu, schritt abermals durch die Wellen und ihr Körper hieß das Wasser willkommen.

Sie watete weiter, spürte, wie die Wellen um ihre Beine spielten und begann zu schwimmen, bis sie den Delfin erreicht hatte. Sie streckte die Hand nach ihm aus, wartete, ob er vor ihr davonschwimmen würde, doch er bewegte sich nicht.

Abwartend sahen dunkle Knopfaugen ihr entgegen, ein Fiepen ertönte, als sie die Hand an die kühle Haut des Tieres gelegt hatte.

Sie liebte Delfine, ebenso wie Fische. Jedes Meereswesen war ihr Freund, so wie dieser Delfin. Fasziniert fuhr Amphitrite über seine Flosse und lächelte sanft.

»Hast du auch einen Namen?«

Abermals ertönte ein Fiepen. Es war höher als zuvor und sie lächelte, als das Geräusch einen Namen in ihr Gedächtnis rief. Ob er ihr antwortete oder nicht, es war ihr gleich. Mit dieser Geste hatte er ihr verraten, wie sie ihn ansprechen sollte.

»Demian.«

Dieser Name war es, der ihr über die Lippen rollte und der ein Lächeln auf den ihren auslöste. Wieder ein Fiepen, der Delfin sprang und klatschte mit den Vorderflossen auf dem Wasser auf, wobei er sie anspritzte.

Ein Lachen drang aus Amphitrites Kehle, während sie die Hand hob und einen Wassertropfen daran hinderte, in ihr Auge zu kommen.

»Amphitrite! Was machst du da? Komm sofort aus dem Wasser!«

Es war Atlas, der nach ihr rief. Sie hatte die Stimme sofort erkannt. Augenblicklich verklang ihr Lachen und sie drehte sich zu ihm um. Er war ihr ins Wasser gefolgt. Bis zu den Knien stand er in den Wellen und streckte die Hand nach ihr aus.

»Du musst sofort mitkommen! Hast du den Verstand verloren? Was ist, wenn Poseidon dich hier so sieht?«

Panisch waren seine Worte, sie konnte seine Aufregung verstehen und doch schenkte sie ihm ein Lächeln und hoffte ihn so zu beruhigen. Von den Geschenken wusste er nichts, sie waren Amphitrites Geheimnis. Ihr Blick glitt zu den Steinen und sie erkannte Krebse, die sich unter die Erde wühlten und ihre verborgenen Schätze an die Oberfläche brachten.

»Aber er ist nicht hier. Hier ist nur Demian.«

Wieso eigentlich? Poseidon musste sie spüren können und wusste bestimmt, wo sie sich aufhielt. Erneut blickte sie in die treuherzigen Augen des Delfins, der ihre Hand anstupste und nach Aufmerksamkeit verlangte.

Sie verstand.

»Atlas, es ist wirklich nett von dir gewesen, mich aufzunehmen. Aber ich werde jetzt gehen.«

Die Krebse hatten die Geschenke zum Wasser gebracht und Amphitrite streckte die Hände nach ihnen aus. Wie von selbst trieben sie auf sie zu, denn sie kontrollierte die See. Langsam legte sie sich die Muschelkette um den Hals und nahm auch die anderen Geschenke an sich. Wärme erfüllte ihr Herz, sie konnte in den Augen des Delfins das Meer erkennen, die Liebe, die Poseidon zu diesem hegte. Auch zu ihr und sie wusste, dass es falsch gewesen war, fortzulaufen. Sie konnte und wollte sich nicht länger verstecken.

Der Delfin hatte ihr Herz erweicht und sie davon überzeugt, dass ihr Platz nicht auf einer Insel war.

Nein.

Sie gehörte ins Meer und an die Seite des Mannes, der das Meer verkörperte.

Wieder fiepte der Delfin, fast so, als würde er ihren Gedanken zustimmen.

Amphitrite schenkte dem Tier ein Lächeln und schwang sich auf dessen Rücken. Atlas kam näher und streckte die Hand nach ihr aus, doch sie schüttelte den Kopf.

»Nein, ich bleibe nicht bei dir. Ich habe erkannt, wo mein Platz ist.«

Unverständnis trat in die Augen des Titans.

»Aber doch nicht zu ihm! Dort kannst du nicht hingehören, Amphitrite! Du bist hierhergekommen, weil du dort nicht sein wolltest! Lass dir von einem Delfin nicht sagen, was du zu tun hast!«

Doch wieder war es Amphitrite, die den Kopf schüttelte und die Hand auf die Flosse legte.

»Danke. Danke für alles, Atlas. Wir sehen uns gewiss wieder!«

Ihre Fersen gruben sich sanft in die Seiten des Delfins, der einen Sprung machte, umdrehte und mit ihr auf das offene Meer hinausschwamm. Amphitrite lächelte, je weiter sie dem Land entkamen, begleitet von Atlas Rufen, der stetig ihren Namen wiederholte.

Ihr Name, vom Wind aufgehoben und über die Wellen des Meeres getragen. Dorthin, wo sie hingehörte.

***

»Du bist zu mir gekommen.«

Poseidon klang zufrieden, als sie zusammen mit Demian vor seinem Palast ankam. Er stupste mit der Schnauze an ihre Schulter.

Amphitrite verstand, er musste wieder an die Wasseroberfläche, denn er konnte nicht unter Wasser atmen so wie sie. Sie umarmte das Tier, drückte den Delfin an sich, der sich von ihr löste und emporschwamm. Amphitrite sah ihm lang nach, ehe sie sich Poseidon zuwandte, der einen zufriedenen Gesichtsausdruck hatte.

»Du magst meine Geschenke also.«

Eine Schlussfolgerung, die sie nicht verneinen konnte.

»Wie könnte ich Demian auch nicht lieben? Er hat sich in mein Herz geschlichen!«

In ihrer Stimme lag etwas Schwärmerisches, wenn sie von dem Delfin sprach. Er gehörte zu ihr, das wusste sie und sie würde ihn an ihrer Seite wissen wollen.

»Warum bist du hier?«

Diese Frage ließ das schwärmerische Lächeln verschwinden. Ein ernster Ausdruck legte sich auf ihr Gesicht und sie seufzte laut auf.

»Kannst du dir das nicht denken?«

»Ich möchte, dass du es ausspriehst. Sag mir, weshalb du hier bist, Amphitrite.«

War das ein Befehl oder eine Bitte? Sie wusste es nicht, doch entschied sich dafür, sich zu einer Antwort herabzulassen. Amphitrite straffe die Schultern. Sie wusste nicht, wie sie es aussprechen sollte. Wie sagte man so etwas?

»Ich gebe deinem Werben nach und ich werde dich heiraten.«

Leise waren ihre Worte, die doch nur kaum merklich mehr als ein Flüstern waren. Sie blickte auf ihre Füße und wagte es nicht, Poseidon ins Gesicht zu sehen.

Stille legte sich über sie. Machte sie sich lächerlich und er wollte sie jetzt vielleicht gar nicht mehr? Nun hob sie doch den Blick und ihre blauen Augen trafen die Seinen. Wärme lag in ihnen, Wärme und Dankbarkeit. Er schenkte ihr ein sanftes Lächeln, während er näher zu ihr trat, seine Finger unter ihr Kinn legte und sie sanft dazu brachte, den Kopf vollends zu heben.

»Dann werde meine Frau. Gleich heute.«

Es hätte sie überfordern und aus der Fassung bringen sollen, doch das tat es nicht. Ihre Verlegenheit wandelte sich in ein Lächeln, während sie die zarten Finger mit seinen verschränkte.

»Ich habe lang auf dich warten müssen, zu lang. Ich bitte dich.«

Ein leises Flehen, dem Amphitrite sich ergab und ihm zunickte. Poseidon lächelte, lehnte sich zu ihr hinab und versiegelte ihre Lippen mit einem sanften Kuss. Hauchzart berührte er ihre Lippen.

Amphitrite hatte das Gefühl, als würde sie in Flammen stehen. Ihr Herz pochte wie wild gegen ihre Brust. Vorsichtig bewegte sie die Lippen gegen seine und erwiderte den Kuss.

Der erste Kuss von vielen, der erste Kuss vor ihrer Hochzeit.

Poseidon

Gedankenverloren saß Poseidon auf seinem Thron. Dabei verharrte sein Kopf auf der Faust und den Ellbogen hatte er auf der Armlehne abgestützt. Er hing seinen Gedanken nach, dachte an seine Brüder und an deren Worte, sowie an das, was Aphrodite ihm gesagt hatte.

Es war wohl wirklich nicht die beste Idee gewesen, Marea zu versetzen und nicht zu ihr zu kommen. Doch was hätte er tun sollen? Er konnte nicht seine ganze Energie auf sie lenken, wenn sie dann doch die falsche Frau war. Poseidon wollte seine Amphitrite zurück, eine andere Frau kam für ihn nicht infrage.

Er seufzte auf, erhob sich und begann, in seinem Saal auf und ab zu gehen. Immer wieder fuhr er sich durch das brünette Haar und ließ seinen Gedanken freien Lauf. Sitzen und warten würden ihm nicht weiterhelfen, das wusste er. Er musste etwas unternehmen. Die Frauen, die er auf dem anderen Strand gesehen hatte, die waren nicht das gewesen, was er suchte.

Das hatte er gleich gespürt.

Konnte Marea die richtige Frau sein? Die Frau, die an seine Seite gehörte und in der der Geist seiner Gemahlin versteckt war?

Überfordert ging er weiter auf und ab. Er zerbrach sich den Kopf, dabei hatte er noch genügend Zeit. Das Zeitfenster erlaubte ein Jahr, dann wäre die Chance, seine Fähigkeiten vollends zurückzuerhalten, verwirkt.

Er würde sie verlieren und er würde nie wieder der sein, der er vorher gewesen war. Wie hatte er so dumm sein können!

Aber nein, er musste sich ablenken, musste etwas unternehmen. So wie er hier saß, würde ihn das nicht weiterbringen. Er konnte und wollte nicht alles auf sich zukommen lassen. Egal, wo sich seine Frau aufhielt, sie würde nicht zu ihm kommen. Er musste zu ihr kommen, das war ihm bewusst.

Er trat näher zu dem Tor, das seinen Thronsaal vom Meer abschirmte. Das Wasser auf der anderen Seite war deutlich sichtbar und schlug Muster gegen die magische Grenze, die es draußen hielt.

Er sprang hinaus, sah sich um und entdeckte ein paar Nereiden, die sich in der kleinen Stadt aufhielten, die unter seinem Palast lag. Fische strömten an ihm vorbei. Fische.

Demian.

Er sollte nach ihm sehen. Dem Delfin hatte es beinahe das Herz gebrochen, als Amphitrite verschwunden war und er hatte ihn nur mit viel Mühe und Einfühlungsvermögen davon abgehalten, zugrunde zu gehen.

Die Trennung hatte dem Delfin beinahe das Leben gekostet. Er war aus der luftigen Höhle, in der sich sein Stall befand und die Amphitrite nach der Hochzeit für ihn angelegt hatte, nicht mehr rausgekommen. Demian hatte sie nicht mehr verlassen und Poseidon hatte viele Stunden damit verbracht, ihm gut zuzureden.

Poseidon machte kehrt, schwamm zu den Stallhöhlen und tauchte in diese ein. Das Gestein um ihn herum war breit genug, sodass sogar kleine Wale Zuflucht finden konnten. Auch Haie besuchten diesen Ort oft, hier gab es keine natürlichen Fressfeinde. Jedes Tier wusste, dass es verboten war, einander Schaden zuzufügen. Wenn sie seine Stadt verließen, dann sah die Lage anders aus. Aber hier wussten sich alle zu benehmen.

»Demian?«

Poseidons Stimme hallte in der Stallhöhle wider, wo er gerade aufgetaucht war. Sie war groß, viel zu groß für den Delfin, der hier doch die meiste Zeit allein lebte. Poseidon erhielt keine Reaktion.

Er war fort.

Das war ungewöhnlich. Demian hatte den Stall nicht mehr verlassen, seit Amphitrite von ihm gegangen war.

»Demian!«

Seine Stimme wurde lauter, fordernder. Wenn der Delfin seinen Unfug mit ihm trieb, dann würde er es bereuen! Egal, ob er der Begleiter seiner Frau war oder nicht!

Wieder folgte keine Reaktion. Fluchend und doch auch voller Sorge tauchte Poseidon erneut unter, schoss aus der Höhle und kreuzte seinen Weg mit Pronoe, einer dunkelhaarigen Nereide.

Wie alle anderen war sie wohl gerade dabei, sich zurückzuziehen, denn sie wirkte müde. Der Ausdruck in ihren Augen war nicht wach genug, doch Poseidon war es gleich.

»Hast du Demian gesehen?«

Seine Stimme war so scharf, dass er damit das Meer hätte teilen können. Pronoe zuckte zusammen. Ihre Freundinnen, Sao und Thoe, schwammen eilig weiter. Niemand wollte mit Poseidon sprechen, wenn er eine solche Laune an den Tag legte.

»Er ist eben an mir vorbei geschwommen.«

Die Stimme der Nereide klang brüchig, fast schon ängstlich. Spät war es und Poseidon wusste, dass der Schlaf nach ihr rief, doch er konnte keine Rücksicht darauf nehmen.

»Unsinn! Demian hat seinen Stall seit Jahren nicht mehr verlassen!«

Ob sie sich geirrt hatte? Pronoe schüttelte eifrig den Kopf und ihre dunklen Haare trieben im Wasser hin und her.

»Ich habe ihn aber gesehen, er ist in die Richtung der Küste geschwommen. Nach Norden.«

Norden.

Poseidon dachte nach und hatte einen Verdacht. Wenn Demian ebenfalls die Anwesenheit Amphitrites spüren konnte, dann konnte er ihn womöglich zu ihr bringen! Doch dazu musste er den Delfin finden, denn ohne ihn konnte er dieses Vorhaben nicht in die Tat umsetzen.

»Gut.«

Mit diesen Worten ließ er die Nereide stehen. Er spürte noch den Blick der Frau in seinem Rücken, als er weiter schwamm. Er nahm an Tempo zu, wurde schneller und schneller.

Niemand konnte schneller schwimmen als Poseidon, er war der Herrscher der Meere und in diesen Gewässern fühlte er sich besonders wohl.

Sein Körper schoss durch das Wasser, vorbei an Fischschwärmen und durch diese hindurch. Sein Ziel war klar und er würde nicht lang brauchen, um dorthin zu gelangen.

Er beeilte sich besonders und tauchte kurz vor dem Hafen auf. Obwohl der Hafen noch weit weg war, konnte er genug sehen. Das Fiepen eines Delfins wurde über den Wind zu ihm getragen. Erleichterung fiel von ihm ab.

Demian war hier, er hatte ihn gefunden. Poseidon konnte sich nicht ausmalen, was geschehen wäre, wenn er den Begleiter seiner Frau verloren hätte. Oder wenn dieser einem Hai zum Opfer gefallen wäre.

Undenkbar!

Amphitrite hätte ihn in der Luft zerrissen und Poseidon war klar, dass er dieses Vergehen nie wieder hätte richten können. Sein Blick war nach vorn gerichtet, neben dem Delfin war eine Frau zu sehen.

Eine Frau?

Demian erlaubte es niemandem, ihn zu berühren. Selbst Poseidons Berührungen waren ihm zuwider und nur geduldet, weil er der Herrscher der See war. Sonst war es nur seine Frau, die ihn hatte berühren dürfen. Nie hätte er sich von einem Menschen anfassen lassen.

Poseidon schwamm langsam näher heran und sah die dunklen Haare, die durch das Wasser noch dunkler geworden waren.

Die Frau weinte, das hörte er genau. Er beobachtete, wie sie sich an der Flosse festhielt. Wieder fiepte Demian und es schien fast so, als würde er ihr Mut zusprechen, oder sie gar trösten wollen.

Ein Beben ging durch seinen Körper, die Frau drehte ihren Kopf und er konnte sie deutlich erkennen.

Marea.

Sie war es wirklich, sie musste seine Amphitrite sein.

Doch wie war es möglich? Sie war des Schwimmens nicht mächtig, war nicht so, wie es seine Frau gewesen war.

Doch so wie Demian sich um sie kümmerte, war klar, dass es sich um keine andere als Amphitrite handeln konnte.

Die Erkenntnis traf Poseidon wie ein Blitz.

Er hatte sie gefunden, er hatte Amphitrite gefunden. Und gleichzeitig wusste er, dass er einen Fehler begangen hatte.

Kapitel 16

Marea

Noch immer klammerten sich die Finger Mareas um die Flosse des Delfins, der sie langsam näher zum Steg führte und stillhielt, als sie nach dem Holz griff. Sie versuchte, sich hochzuziehen, doch es fiel ihr schwer, sich ohne die Hilfe des Delfins über Wasser zu halten. Sie keuchte auf, als sie bemerkte, dass das Tier neben ihr wieder im Wasser versank und einen Moment kam erneut Panik in ihr hoch.

Angst schnürte ihr die Kehle zu, doch dann spürte sie etwas an ihren Beinen.

Ein spitzer Schrei entkam ihrer Kehle, als sie nach oben gedrückt wurde und sie diesen Schwung nutzte, um sich auf den Steg zu hieven. Hustend legte sie sich flach auf den Bauch, zog die Hand zurück und blickte in das Wasser. Dort, wo sie eben noch getrieben war, tauchte der Kopf des Delfins auf, der sie mit einer gezielten Bewegung nassspritzte.

Konnten diese Tiere das eigentlich? Marea war sich nicht sicher, runzelte die Stirn und musterte den Delfin erneut, der sie mit treuherzigen Augen beobachtete und sich nicht vom Steg wegbewegte.

»Danke.«

Sie war ihm wirklich für seine Hilfe dankbar und hatte zugleich das Gefühl, als hätte der Schock ihren Rauschzustand vertrieben und als wäre sie mit einem Schlag nüchterner geworden.

»Marea?«

Überrascht drehte sie sich zur Seite, wandte sich vom Delfin ab und sah auf zwei muskulöse Beine, die in Sommerschuhen steckten. Sie sahen männlich aus und der Klang der Stimme erzeugte eine Gänsehaut auf ihrem Körper. Langsam hob sie den Blick, sah nach oben und ihre Vorahnung bestätigte sich.

Narius.

Augenblicklich spürte sie einen Stich in ihrem Herzen, der sich durch ihren gesamten Körper zog. Sie wagte es nicht, zu antworten und drehte den Kopf zur Seite. Tränen schossen ihr in die Augen, Tränen, die er nicht sehen sollte.

Nein, er hatte sie gekränkt und sie hatte schon zu lang und zu oft wegen ihm geweint. Nachdem er sie auf diese Art und Weise behandelt hatte, wollte Marea nicht, dass er sah, wie nah ihr das alles ging.

»Geht es dir gut?«

Wieder hatte Marea nicht vor, zu reagieren. Nein, sie wollte nicht mit ihm sprechen. Am liebsten hätte sie ihn gefragt, weshalb er sie versetzt hatte und weshalb er sich

154

nicht mehr bei ihr gemeldet hatte, doch sie hatte Angst vor der Antwort.

Feige wie sie war, schwieg sie. Marea drehte sich zur Seite und fixierte sich auf den Delfin, der Narius ebenfalls nassspritzte und fiepte. Die Laute des Tieres klangen beinahe vorwurfsvoll und entlockten Marea ein kleines Lächeln, das jedoch nicht lang währte.

»Sag doch etwas! Es tut mir leid, dass ich heute nicht gekommen bin. Mir kam etwas dazwischen.«

Ihm war etwas dazwischengekommen? Konnte er sich keine bessere Ausrede einfallen lassen? Langsam setzte sich Marea auf, drehte sich in seine Richtung und blickte zu ihm hoch. Wie immer verschlug es ihr bei seinem Anblick beinahe den Atem, doch das ignorierte sie gekonnt.

»Dir ist etwas dazwischengekommen? Eine bessere Ausrede hast du nicht?«

Sie versuchte, ihre Stimme stark und hart klingen zu lassen, wusste aber, dass ihr das nicht gelingen würde. Brüchig waren ihre Worte und sie musste sich bei jedem Wort zusammenreißen.

»Ich habe mich deinetwegen komplett lächerlich gemacht! Du bist nicht gekommen und ich habe wie eine Idiotin auf dich gewartet! Du hättest dir wenigstens eine bessere Ausrede einfallen lassen können!«

Nun wurde ihre Stimme von Wut beherrscht. Wut, die sich gegen ihn richtete. Viele Szenarien hatte Marea im

Kopf gehabt, doch mit so einer lächerlichen Ausrede wollte sie sich nicht abspeisen lassen. Der restliche Alkoholgehalt in ihrem Blut tat sein Übriges und stachelte sie noch weiter an. Er verlieh ihr in diesem Augenblick Mut, den sie sonst wohl nicht gehabt hätte.

»Ich möchte nicht mehr mit dir sprechen.«

Sie wandte den Blick ab und wollte nicht erklären, weshalb sie hier patschnass auf dem Steg des Hafens saß und weshalb sie nicht mehr mit ihm reden wollte.

»Marea, es tut mir leid.«

Sie schüttelte den Kopf, richtete sich langsam auf und versuchte, jegliches Schwanken zu vermeiden. Er sollte nicht sehen, in welchem Zustand sie sich gerade befand.

»Wirklich, ich mache es wieder gut, gib mir noch eine Chance, ich bitte dich!«

Charme lag in seiner Stimme und ein Teil von Marea wollte nachgeben, sich ihm zuwenden und ihm alles verzeihen. Doch ein anderer Teil von ihr wollte davon nichts mehr wissen und erinnerte sich zu gut an die Kränkung, die ihr noch vor wenigen Stunden widerfahren war.

»Das hättest du dir früher überlegen müssen. Lass mich einfach in Ruhe. Ich weiß nicht, wieso du hier aufgetaucht bist oder wo du gerade herkommst und ich will es auch gar nicht wissen, doch ich möchte, dass du mich in Ruhe lässt. Ganz einfach!«

Mittlerweile hatte sie es geschafft, aufrecht zu stehen und ihr Blick war noch immer auf den Delfin, ihren Retter, gerichtet.

»Was ist denn hier los? Marea, wie siehst du denn aus und was tut *er* hier?«

Überrascht drehte sich Marea zur Seite und sah Grace, die auf sie zugelaufen kam. Sorge stand in ihrem Gesicht geschrieben und Marea konnte sich denken, dass Grace nach ihr gesucht hatte.

Marea überlegte keine Sekunde und lief auf ihre Freundin zu, warf sich ihr in die Arme und drückte sie fest an sich.

»Grace, es tut mir leid. Ich habe so schreckliche Dinge gesagt, das wollte ich nicht, es tut mir leid!«, wiederholte Marea sich leise immer wieder. Marea wurde von der Angst beherrscht, dass sie Grace verloren hatte. Sie war sich dessen sogar sicher gewesen, doch dass sie hier aufgetaucht war, das ließ Marea hoffen. Hoffen darauf, dass Grace sie doch nicht aufgeben würde.

»Marea, wir können morgen darüber reden. Ich habe mir Sorgen gemacht!«

»Wirklich?«, hakte Marea hoffnungsvoll nach. Narius war vergessen. Sie hatte ihre Lektion gelernt, hatte sich von Emotionen leiten lassen und Dinge gesagt, die sie bereute. Diese Reue musste ihr gewiss auch ins Gesicht geschrieben gewesen sein, denn sie konnte ihre Gefühle sonst auch nur recht schwer verbergen.

Für Grace war sie immer ein offenes Buch gewesen und sie hoffte, dass sie es noch immer war. Ein Stein fiel ihr vom Herzen, als Grace langsam nickte und sie dann losließ, denn noch immer standen sie umarmt da.

»Ja. Was du gesagt hast war nicht schön, aber darüber können wir morgen sprechen. Wir bekommen das wieder hin. Wie ich sehe, hast du dich beruhigt. Und du bist patschnass, hat er dich ins Meer geworfen? Sag ja, dann hätte ich einen weiteren Grund, ihn umzubringen!«

Mit jedem weiteren Wort aus Grace Mund bemerkte Marea, wie wütend sie noch immer auf Narius sein musste. Wie sie selbst, für sie war er gestorben.

»Ich bin ausgerutscht und gefallen. Wieso er hier ist, weiß ich nicht«, erklärte Marea kurz, als abermals ein Schnattergeräusch ertönte und sie zu dem Delfin blickte.

Er war noch immer hier? Marea war sich eigentlich sicher gewesen, dass er wieder zurück ins offene Meer schwimmen würde.

»Der Delfin hat mich gerettet. Sonst wäre ich wohl ertrunken.«

Sie musste Grace nicht erklären, dass sie nicht schwimmen konnte, denn das war ihr bekannt. Grace hatte schon oft versucht, sie dazu zu überreden, sich der Angst vor dem Wasser zu stellen und schwimmen zu lernen, doch Erfolg hatte sie dabei nie gehabt.

»Du bist hier überflüssig, ich möchte das mit Marea allein besprechen«, mischte sich Narius ein. Wie konnte er so dreist sein und noch immer mit ihr reden wollen? Vor allem, da er sich ihr gegenüber so verhalten hatte?

»Sie sieht aber nicht so aus, als würde sie etwas mit dir klären wollen. Nur damit du es weißt, du bist ein arrogantes Arschloch und hast es nicht verdient, dass auch nur eine von uns mit dir spricht. Warum du jetzt hier bist, interessiert mich nicht und du kannst dir deine Entschuldigungen und Ausreden sparen. Ich will sie nicht hören und Marea bestimmt auch nicht. Also lass uns in Ruhe.«

Grace klang wütend, schüttelte den Kopf und Marea sah, wie sie sich ihr zuwandte. Wieder spritzte der Delfin in ihre Richtung, erwischte abermals Narius und schnatterte vergnügt. Marea lächelte und dankte ihrem neuen Freund im Stillen dafür.

»Komm, wir gehen jetzt ins Hotel. Mit etwas Glück rutscht er ebenfalls aus und landet im Meer.«

Wieder ertönte ein Schnattern des Tieres, fast so als würde es Grace zustimmen.

»Ich bin aber noch lang nicht fertig. Marea, wir haben uns noch gar nicht richtig unterhalten können! Ich bitte dich!«, richtete Narius seine Worte direkt an sie, doch Marea schüttelte den Kopf.

Zu tief war die Enttäuschung über den Abend, über Narius und nie wieder würde sie sich gegen ihre Freunde stellen, nur um einem Mann zu gefallen.

Sie hatte ihre Lektion gelernt. Sie war hart gewesen, aber sie hatte vieles davon für sich mitnehmen können. Narius würde sie wieder fallen lassen, doch auf Grace, ihre beste Freundin, konnte sie immer zählen.

Marea blickte ein letztes Mal in Narius Richtung.

»Du irrst dich, wir sind fertig. Ich habe dir nichts mehr zu sagen.«

Ihre Stimme war kalt, so kalt wie der Wind, der um sie wehte und eine Gänsehaut auf ihrem nassen Körper verursachte.

Marea hatte genug von ihm.

Kapitel 17

area tat es gut, dass sie Narius hatte stehen lassen können. Eingehakt bei ihrer besten Freundin stolperte sie neben ihr her. Das Gehen fiel ihr schwer, denn ihre Schuhe waren in den Weiten des Meeres verschwunden. Deshalb bohrten sich kleine Steinchen in ihre Fußsohlen, sodass sie bei so manchem Schritt die Augen zusammenkniff und das Gesicht verzog.

»Wie hast du es überhaupt geschafft, deine Schuhe zu verlieren?«

Marea klammerte sich fester an Grace, sah zu ihr und stieß einen tiefen Seufzer aus.

»Das ist eine lange Geschichte.«

Im Augenwinkel sah Marea, wie Grace den Kopf über sie schüttelte.

»So bist du sonst auch nicht«, stellte ihre Freundin fest.

Marea senkte den Blick und biss sich auf die Unterlippe.

»Nein, eigentlich nicht. Ich bin heute generell nicht so wie sonst. Habe ich schon gesagt, dass es mir leidtut?«, hakte Marea kleinlaut nach und Grace stieß ein heiteres Lachen aus.

»Ja. Ungefähr fünfzig Mal, wenn nicht öfters. Es ist gut, Marea. Wir sollten das einfach vergessen und nicht mehr darüber sprechen.«

Der Vorschlag war verlockend, doch Marea hatte doch irgendwo in sich die Angst, dass Grace das Gesagte vielleicht doch nicht vergessen konnte. Könnte sie es vergessen, wenn Grace ihr diese Dinge an den Kopf geknallt hätte? Sie wusste nicht, ob Grace wirklich über ihre Worte hinwegsehen konnte, doch der enttäuschte Gesichtsausdruck und die Wut waren aus ihren Augen verschwunden.

Vielleicht konnte Grace mit solchen Dingen wirklich besser umgehen als sie. Marea tat sich schwer, das Thema auf sich beruhen zu lassen, ging stattdessen schweigend neben Grace her, wobei stolpern ihren Gang besser beschreiben würde. Die Lichter der Straßenbeleuchtung spendeten nicht viel Licht und Marea fragte sich, ob Grace wirklich wusste, wohin sie gehen mussten.

»Hyas und Arian haben sich übrigens Sorgen um dich gemacht.«

Überrascht blickte Marea einen Moment zu Grace, fluchte dann jedoch leise, als sie erneut auf einen spitzen Stein trat.

»Das kann ich mir nicht vorstellen. Bei Hyas vielleicht, aber Arian? Das glaube ich weniger. Er wirkte nicht darüber begeistert, dass wir überhaupt dabei gewesen waren«, erwiderte Marea mit leiser Stimme.

»Doch, sie haben von nichts anderem mehr gesprochen. Gut, Arian hat nicht viel gesagt, aber bestimmt hat er sich Sorgen gemacht! Hyas auf alle Fälle, er hat ebenfalls angeboten dich zu suchen. Aber dann hat seine Verlobte angerufen. Ätzend, er hätte mir gern Gesellschaft leisten können! Zu schade, dass er vergeben ist!«, schwärmte Grace mit verträumter Stimme und Marea nickte langsam.

»Er sieht wirklich verdammt gut aus, findest du nicht? Ich habe noch nie so schöne Wangenknochen gesehen!«, fügte Grace schwärmend hinzu.

»Die Wangenknochen? Die sind mir gar nicht aufgefallen. Auf sowas schaue ich eigentlich nicht... aber er hat schöne Augen, meinst du nicht? Grace – du weißt schon, wo wir hingehen, oder?«

Grace lachte leise und nickte ihr zu.

»Klar, ich kenne mich aus. Immerhin bin ich auf diesem Weg auch hergegangen. Wir brauchen bestimmt nicht mehr lang. Aber ja, seine Augen sind auch sehr schön. Auch wenn sein Freund Arian auch mehr als gut aussieht. Schade, wäre interessant, beide gleichzeitig zu haben, meinst du nicht auch?«

Marea wirbelte erschrocken zu ihrer Freundin herum, riss die Augen auf und schüttelte den Kopf.

»Nein... das kann ich mir beim besten Willen nicht vorstellen! Grace! Ein Mann reicht doch!«, warf Marea erschrocken ein und wieder lachte Grace heiter, während sie mit ihr die Straße überquerte und eine Seitengasse einschlug.

Waren sie hier wirklich richtig? Marea hatte keine Ahnung.

»Du bist viel zu prüde. Du solltest wirklich lernen, lockerer zu werden! Dann macht das Leben noch viel mehr Spaß! Und schau mich nicht so an – dort hinten ist bereits die Straße, wo die Bar ist.«

Marea sagte nichts mehr, drehte den Kopf nach vorn und stellte erleichtert fest, dass ihre Freundin recht hatte. Die Straße war augenblicklich belebter als die Nebengasse und die Leuchtaufschrift der Bar war ebenfalls noch eingeschaltet. Wie spät war es? Marea hatte das Gefühl, als wäre sie tagelang fort gewesen.

Ein paar Passanten warfen ihr verwirrte Blicke zu und Marea wurde rot. Noch immer war ihr Haar nass und auch ihre Kleidung klebte wie eine zweite Haut an ihrem Körper, nur leider auf eine Art, die alles andere als sexy war. Sie war nur froh, dass der Stoff dicht genug war, damit man nicht hindurchsehen konnte.

»Die schauen alle so blöd«, murmelte Marea, doch Grace zuckte mit den Schultern.

»Lass sie schauen, du wirst sie alle nie wieder sehen. Na komm, gehen wir zurück zum Hotel. Ich bin übrigens wirklich froh, dass wir in London die App installiert haben. Ohne sie würde ich dich noch immer suchen!«

Dem konnte Marea nur zustimmen und nur zu gern ließ sie sich von Grace weiterführen, vorbei an der Bar und an kleinen Menschengruppen, die ausgelassen lachten. Vorbei an einem Pärchen, das sich küsste und dessen Anblick Marea einen Stich versetzt, doch sie konnte und wollte nicht mehr über das Geschehene nachdenken.

»Wen haben wir denn da? Grace, du hast sie tatsächlich gefunden!«

Marea drehte sich zur Seite und bemerkte, dass Hyas auf sie zukam. Doch er war nicht allein, neben ihm gingen Arian und eine wunderschöne junge Frau. Helen. Sie klammerte sich an Hyas Hand und musterte Marea und Grace skeptisch. Marea hatte sich an Helens Aussehen noch nie ganz gewöhnen können, denn Helen war die schönste Frau, die ihr jemals über den Weg gelaufen war. Sie war groß, hatte langes kastanienfarbenes Haar und ein Gesicht, für das antike Künstler wahrscheinlich getötet hätten. Noch nie hatte Marea ein ebenmäßigeres Gesicht gesehen. Ihre Augen waren grün und erinnerten Marea an dichte Wälder.

Auch Helens Figur schien perfekt zu sein, sowie alles an ihr.

»Helen, du kannst dich sicher an Jonathan erinnern? Meinen Freund während der Studienzeit? Das ist seine Schwester Marea und ihre Freundin Grace. Wir haben uns vorhin zufällig getroffen, sie machen hier gerade Urlaub! Marea müsstest du aber eigentlich noch kennen!«

Fast schon schüchtern winkte Marea Helen zu, die sich zu einem halbwegs freundlichen Lächeln herabließ und das Winken erwiderte.

»Danke, aber wir sollten jetzt wirklich gehen. Es ist spät und Marea braucht trockene Sachen. Du willst gar nicht wissen, was passiert ist. Also frag lieber erst gar nicht nach«, kürzte Grace die Unterhaltung direkt ab und zog an Mareas Arm.

»Ja, gute Nacht und danke«, fügte Marea hinzu, doch Hyas schien sich so schnell nicht abwimmeln zu lassen.

»Wir begleiten euch. Es ist spät und ihr solltet nicht mehr allein herumlaufen.«

Helen schien von dieser Idee nicht begeistert zu sein, aber Hyas interessierte das wohl nicht. Marea sah sein freundliches Lächeln. Wie konnten sie diesen Vorschlag ablehnen? Auch Grace dachte offensichtlich dasselbe wie sie, denn ihr Nicken ließ nicht lang auf sich warten.

»Das wäre wirklich nett! Danke! Lang müssen wir nicht gehen, unser Hotel ist nur ein paar Straßen weiter«, erklärte Grace ihm und griff nach der freien Hand von Hyas, woraufhin Helen wirkte, als würde sie Grace jeden Moment umbringen wollen. Auch Arian war nicht gerade erfreut, doch er schwieg. Etwas anderes hätte Marea von ihm auch nicht erwartet.

Ohne noch weitere Worte zu verlieren, zog Grace an Mareas Hand und zog im Gehen auch Hyas mit sich. Offensichtlich dachte sie sich dabei nichts. Marea warf

Helen einen entschuldigenden Blick zu, doch Helen ignorierte sie.

Peinliches Schweigen legte sich über sie, während Grace sie weiterführte. Nur sie schien diese seltsame Stimmung nicht mitzubekommen und sich viel eher an der Anwesenheit von Hyas zu erfreuen.

»Ich finde es wirklich toll, dass ihr uns begleitet«, schwärmte Grace, wobei sich Helens Blick immer weiter verdunkelte. Marea war heilfroh, als sie die nächste Ecke passierten und bereits ihr Hotel zu erkennen war.

»Ihr müsst uns nicht weiterbegleiten, dort hinten ist es schon«, versuchte Marea, die Situation zu retten. Doch als sie näher an das Hotel gingen, bemerkte Marea, dass ein Mann vor dem Eingang stand.

Nicht irgendein Mann, Narius. Was hatte er hier verloren?

»Was hast du hier zu suchen? Du bist unerwünscht, haben wir dir das vorhin nicht bereits klargemacht?«, giftete Grace Narius direkt an, als sie nahe genug waren. Mit erhobenem Zeigefinger deutete er auf Arian und Hyas.

»Wer sind diese Leute?«

Seine Stimme klang vorwurfsvoll und sein Blick lag auf Marea. Was sollte sie sagen? Eigentlich musste sie ihm nichts erklären. Sie war ihm keine Rechenschaft schuldig.

»Du bist also schuld daran, dass es heute so chaotisch war? Eigentlich müsstest du dich schämen, hier aufzutauchen und sie überhaupt anzusprechen«, entgegnete Hyas. Marea schluckte.

»Das hat dich nicht zu interessieren. Nimm deine Frau und diesen Idioten hier und verschwinde. Misch dich nicht in Sachen ein, die dich nichts angehen!«

Marea zuckte bei dem Tonfall von Narius beinahe zusammen, doch er bemerkte es nicht.

»Wenn du nicht freiwillig gehst, dann zwinge ich dich dazu.«

Das verhängnisvolle Fest

Amphitrite

Fast schon gelangweilt saß Amphitrite neben Artemis und nippte immer wieder an dem Rotwein, den Dionysos ihnen bereitgestellt hatte. Es war ein seltenes Fest, denn an diesem Tag waren alle drei Brüder versammelt. Zeus, Poseidon und Hades. Ein Fest zu Ehren der drei Brüder, ausgerichtet von Zeus.

Selten war es, dass der Totengott sein Reich verließ und noch seltener war dessen Frau Persephone auf dem Olymp zu sehen. Der Winter war vorüber und sie konnte die Unterwelt verlassen. Offensichtlich hatte sie ihre Scheu für diesen Tag abgelegt und beschlossen, dem Olymp beizuwohnen.

Musen spielten Musik, zupften die Saiten der Leiern und der Harfen. Doch es war kein leises Fest, denn die Griechen waren nie leise gewesen. Wild ging es her und so war das Lachen ausgesprochen laut, welches vom Wind aufgefasst und durch die offene Halle des Olymps getragen wurde.

Langsam blickte Amphitrite sich um und suchte in der Menge nach ihrem Mann. Sie entdeckte Poseidon sofort. Sie erkannte, dass er neben Athena stand, sie unterhielten sich laut und ausgelassen über die Stadt Athen.

Amphitrite rollte mit den Augen. Ihr Gatte hatte es nur schwer verkraftet, dass die Menschen nicht ihn, sondern Athena für diese Stadt ausgewählt hatten. Doch Amphitrite war der Meinung, dass Poseidon diesen Groll hinter sich lassen und nach vorn blicken sollte.

Sie war es leid, dass er sich bei ihr ständig über diese Stadt ausließ, die er regelmäßig mit Stürmen und Hochwassern strafte.

»Amphitrite, sag mir, was geht in deinen Gedanken vor?«

Überrascht blickte sie zur Seite und sah in die freundlichen, dunklen Augen Heras. Sie wirkte unglücklich und gestresst. Einen Moment ließ Amphitrite ihren Blick weiter wandern und erkannte den Grund für Heras Missgunst: Zeus.

Doch seine Anwesenheit reichte nicht aus, um den Groll in Heras Augen zu treiben. Nein, es war sein Verhalten, das den Zorn der Hera entfachte. Er unterhielt sich mit einer von Artemis Nymphen, die diese offensichtlich für das Fest mitgebracht hatte und sein Blick ließ vermuten, dass ihm gefiel, was er sah. Er machte ihr schöne Augen.

»Männer.«

Auch ihr Gatte war das eine oder andere Mal auf Umwege abgekommen, war ihrer unpässlich gewesen und hinter Röcken hergejagt, die ihn nichts angingen. Sie konnte Heras Wut verstehen, sie selbst hatte Poseidon für jeden seiner Fehltritte mächtig büßen lassen. Amphitrite musterte Hera und wusste genau, dass sie dieses Spiel noch besser beherrschte als sie.

»Sie sind furchtbar, meint ihr nicht auch?«

Es war Eris, die sich in diesem Moment neben sie setzte und ihren Becher an die Lippen führte. Die dunklen Haare der Göttin fielen ihr in dichten Locken über den Rücken. Hera verengte die Augen.

»Du bist doch nicht eingeladen worden?«, hakte Hera nach. Amphitrite war sich sicher, dass Hera genau wusste, wer eingeladen war und wer nicht.

»Es ist ein Fest der Götter und: Überraschung! Ich gehöre dazu, meine Liebe! Aber keine Sorge, deinem Gatten werde ich keine schönen Augen machen. Das erledigt Medea schon. Artemis wird sie dafür gewiss verstoßen, doch vielleicht war es das dann wert? Wer weiß es schon?«, plauderte Eris gut gelaunt, während Amphitrite erneut durch den Raum sah und erkannte, wie Poseidon noch immer mit Athena stritt. Hades schien sich einzumischen, denn Persephone kam auf sie zu und setzte sich ebenfalls zu den Frauen.

»Dich sieht man hier nicht oft, hast du dich verlaufen?«, richtete Eris direkt ihre Aufmerksamkeit auf Persephone, die ihr Gegenüber kritisch musterte.

Sie antwortete nicht und drehte ihr den Rücken zu. Dass Persephone Eris nicht über den Weg traute, das war Amphitrite bekannt. Bestimmt hatte ihre Mutter Demeter ihr den Rat gegeben, nicht zu viele Worte mit der Göttin der Zwietracht zu wechseln.

Doch Amphitrite war nicht Persephone. Sie hatte noch nie ein Problem mit Eris gehabt.

»Lass sie doch«, mischte Amphitrite sich ein, doch Eris zuckte mit den Schultern.

»Es ist kein Geheimnis, dass sie wohl nicht oft von ihrem Ehemann nach draußen gelassen wird. Das wäre kein Leben für mich! Ein Leben in Gefangenschaft muss furchtbar sein!«, entgegnete Eris, woraufhin Persephone sich ihr dennoch zuwandte.

»Ich lebe nicht in Gefangenschaft, ich darf machen, was ich möchte. Ich bin meine eigene Herrin!«

Eris zuckte gelangweilt mit den Schultern.

»Er hat dich geraubt und festgehalten. Im Winter kannst du die Unterwelt nicht verlassen. Das, meine Liebe, ist Gefangenschaft. Aber ihr, ihr habt es nicht besser erwischt! Hera, mit ihrem Mann, der sie jede Woche mit einer neuen Frau betrügt und Amphitrite mit einem Mann, der für seine Wutausbrüche bekannt ist! Ich beneide keine Einzige von euch!«

Amphitrite schluckte schwer, während sie den Kopf schüttelte.

»Du hast keine Ahnung!«

Wieder zuckte Eris mit den Schultern und nippte erneut an ihrem Rotwein.

»Wollt ihr nicht lieber geschätzt und geliebt werden? Eure Männer werden euch nie den Respekt entgegenbringen, den ihr verdient! Ich bin der Meinung, dass man sich eine gesunde Beziehung verdienen muss! Sie müssen um euch kämpfen, glauben, dass sie euch verlieren. Dann werden sie sich auch wieder mehr um euch bemühen. Oder kann jemand von euch behaupten, glücklich zu sein?«

Amphitrite schwieg. Poseidon und sie liebten einander, doch das Werben war vorbei. Seit der Hochzeit hatte er sie als selbstverständlich angesehen. Unsicher sah sie zu Hera, die langsam nickte und zustimmte. Nur Persephone schüttelte den Kopf.

»Dann müsst ihr etwas ändern. Hades und ich lieben uns auch so, er muss mir nichts beweisen.«

Sie schien sich sicher zu sein und Amphitrite beneidete sie. Doch sie wusste auch, dass Persephone jung war. Jünger als sie alle. Konnte sie da schon wissen, was sie sagte?

»Wenn du dir so sicher bist, dann hast du doch nichts zu verlieren, oder?«

Ein Lächeln erschien auf Eris Lippen, als sie den Becher abstellte.

»Warum sollten wir dir überhaupt trauen? Denkst du, dass wir die Sache mit Troja vergessen haben?«, warf Amphitrite ein und Persephone nickte zustimmend.

Hera schüttelte den Kopf.

»Sie hat sich bei Athena, Aphrodite und mir entschuldigt. Sie möchte sich bessern.«

Es überraschte Amphitrite, dass Hera sich für die Göttin der Zwietracht einsetzte. Doch Hera war schon immer gerecht und ehrlich zu ihr gewesen. Wenn sie es behauptete, dann musste es auch so sein. Auch Eris nickte.

»Ja und ich sehe bei euch meine Chance, es wieder gut zu machen. Wenn Hera mir vertraut, dann könnt ihr doch auch über eure Schatten springen. Oder?«

Amphitrite dachte nach.

Hera war älter als sie und hatte mehr erlebt. Sie musterte das sonst so harte Gesicht ihrer Freundin, doch sie las keine Zweifel und keine Unsicherheit in ihren Augen. Hera schien sich sicher zu sein.

Sollte sie es wagen?

Persephone war die Erste von ihnen, die die Stimme erhob.

»Na gut, wenn Hera es macht, dann mache ich es auch!«

Das überraschte Amphitrite nicht, denn auch sie sah zu Hera auf, die doch immer eine schützende Hand über Ehen hatte. Fast so, als würde Hera Amphitrites Gedanken lesen können, sagte sie: »Ihr müsst euch keine Sorgen machen.

Ich würde nie etwas gutheißen, das einer Ehe schaden würde.«

Amphitrite blickte erneut zu Poseidon, der wütend seinen Becher auf den Boden schmiss und Athena wüste Beschimpfungen entgegen brüllte.

Gut. Vielleicht würde es wirklich besser werden, vielleicht würde sich Poseidon wirklich ändern.

»In Ordnung. Woran dachtest du?«, fragte sie an Eris gewandt, die amüsiert lächelte. Freude funkelte in ihren Augen, als sie sich näher an die drei Frauen lehnte und wissend nickte.

»Wir geben euch als Sterbliche aus und lassen die Männer in dem Glauben, dass sie euch zurückerobern müssen. Wenn sie um euch kämpfen, dann könnt ihr euch sicher sein, dass ihnen an euch etwas liegt. Wir werden es so auslegen, dass sie ihre Laster abwerfen müssen.«

Amphitrite war nicht überzeugt.

»Und wie soll das funktionieren?«, hakte sie nach, doch Eris schien dafür ebenfalls etwas parat zu haben.

»Die Moiren haben noch eine Schuld bei mir offen, sie werden uns helfen, alles zu verschleiern. Keine Sorge, es ist alles gut durchdacht.«

Misstrauisch blickte Amphitrite zwischen Hera und Persephone hin und her. Hera schien überzeugt zu sein, sie fragte nicht nach und Persephone? Ihre Miene war undurchlässig, Amphitrite konnte nicht erkennen, was sich in ihren Gedanken abspielte.

»Wieso tust du das?«

Diese Frage kam von Persephone, die es doch genauer wissen wollte. Eine gute Frage, fand Amphitrite, denn auch sie hatte Eris das fragen wollen.

»Weil ich es leid bin, immer die Böse zu sein. Immer gemieden zu werden. Wenn ich Zeus und seinen Brüdern dabei helfen kann, eine bessere Ehe zu führen, dann werden auch die anderen mir verzeihen. Da bin ich mir sicher. Zumindest hoffe ich das. Das mit Troja hängt mir ewig nach und ich bin es leid, für etwas gemieden zu werden, das vor mehr als hundert Jahren stattgefunden hat.«

Amphitrite schwieg, Persephone ebenso. Nur Hera nickte.

»Ich verstehe, wir machen es. Sag uns wann und wo. Unsere Männer werden sich noch umschauen und lernen, wie man eine Frau richtig behandelt.«

Hera war sich sicher und Persephone nickte.

Amphitrite wusste nicht so recht, ob man Eris wirklich trauen konnte, doch wenn sie gut auf sich Acht gab, was sollte dann schon geschehen?

Sie war Amphitrite, die Königin der Meere. Wenn sie es nicht zuließ, dann täuschte sie niemand.

Kapitel 18

Marea

Mareas Augen weiteten sich. Wie konnte Narius es wagen und so mit Hyas sprechen? Helen wirkte ruhig. Fast so, als wäre ihr das egal und auch Arian verzog keine Miene. Marea musterte Hyas, dessen Gesichtszüge erstarrten. Er blickte Narius an, als würde er ihn kennen.

War das möglich?

»Wie redest du mit ihm? Du solltest dich schämen! Lass Hyas in Ruhe!«, forderte Marea direkt, doch die Stimmung zwischen den Männern war geladen. Ein Knistern lag in der Luft, als Hyas auf Narius zuging. Er hatte sich seine Antwort für ihn wohl gut überlegt.

»Und was passiert, wenn ich nicht gehe?«

Fast schon herausfordernd waren seine Worte, provozierend. So kannte Marea Hyas nicht. So war er nie gewesen und so hatte er noch nie mit jemandem gesprochen. Hyas wandte sich Arian zu, welcher nach seiner Schwester griff und sie zur Seite zog.

»Geht, ich komme nach. Ich habe hier noch etwas zu klären.«

Seine Worte waren hart und streng. Marea war überrascht, doch sie wusste nicht, was sie dazu sagen sollte. Ihr fehlten die Worte. Grace jedoch stemmte die Hände in die Hüften und rollte mit den Augen.

»Ich bitte euch, spart euch euer Testosteron und lasst es bleiben, sonst wird das peinlich«, mischte sie sich ein, während Arian seinem Freund blind gehorchte und Helen mit sich zog. Helen warf Hyas noch einen letzten Blick zu, auch sie schwieg und bog mit Arian in eine Seitengasse ein. Narius hatte sich die ganze Zeit über nicht bewegt, sondern Hyas mit seinen Augen fixiert.

»Seid ihr alle verrückt geworden?«, zischte Marea, auch wenn sie nicht wusste, was hier vonstattenging. Doch wie sie es fast schon erahnt hatte, ignorierten die Männer sie und plusterten sich immer weiter auf.

»Das willst du gar nicht wissen. Fordere mich nicht heraus!«, zischte Narius Hyas entgegen, doch auf diese Drohung reagierte er nicht. Gelassen verschränkte er die Arme vor der Brust und neigte den Kopf.

»Vor dir habe ich keine Angst. Das hat niemand mehr. Du solltest endlich deine üblen Launen in den Griff bekommen.«

Marea runzelte die Stirn. So wie sie miteinander sprachen, mussten sie einander kennen. Doch woher?

»Woher kennt ihr euch?«, warf sie ein, doch wieder erhielt sie weder von Hyas noch von Narius eine Antwort auf ihre Frage. Gefrustet verschränkte sie die Arme vor der Brust.

»Du hast mir nichts zu sagen. Am allerwenigsten wie ich mich zu verhalten habe. Vergiss nicht, wer du bist und wer ich bin!«, tobte Narius und seine Augen verengten sich wütend.

Die Erde bebte leicht unter Mareas Füßen, verwirrt riss sie die Augen auf und klammerte sich an Grace, die ebenfalls unruhig wurde.

»Ein Erdbeben?«, sprach Grace Mareas Gedanken aus.

»Hört auf zu streiten, bei einem Erdbeben haben wir andere Probleme!«, wandte sich Grace an die Männer, doch auch sie wurde mit Ignoranz gestraft. Die Männer hatten nur Augen für sich.

»Damit jagst du mir keine Angst ein. Du solltest deine Energien lieber auf andere Dinge lenken. Meinst du nicht auch?«

Langsam aber sicher reichte es Marea. Sollten die Männer doch weiterstreiten und sich noch die Köpfe einschlagen! Sie wandte sich Grace zu und deutete auf den Eingang des Hotels.

»Lass uns gehen, sollen sie sich doch gegenseitig weiter anfeinden. Das wird mir zu blöd«, sagte sie zu Grace, die langsam nickte.

»Ja, das finde ich auch. Dieses Machogetue ist lächerlich, das müssen wir uns nicht länger mitansehen.«

Marea hatte genug von Narius und Hyas, die sich weiterhin provozierende Worte an den Kopf schmissen. Als sie zusammen mit Grace zu dem Hoteleingang ging, zog sie damit allerdings die Aufmerksamkeit der Männer auf sich.

»Warte! Geh nicht! Wir haben das noch nicht geklärt!«, sprach Narius sie direkt an, doch Marea runzelte die Stirn.

»Wir haben alles gesagt, was gesagt werden muss. Narius, lass es gut sein. Das hat keinen Sinn mehr und ich möchte mich wirklich nicht mehr weiter mit dir unterhalten. Es ist nett von dir, dass du hier aufgetaucht bist und dass du es versucht hast, aber wenn du es wirklich mit mir ernst gemeint hättest, dann hättest du mich heute nicht versetzt. Ich bin mehr wert, als nur dann angesprochen zu werden, wenn du sonst niemanden hast. Ich möchte das alles nicht mehr! Bitte, lass mich einfach in Ruhe.«

Mareas Stimme war müde. Ihr Bett rief nach ihr und alles was sie wollte, war sich auszuruhen. Das hatte sie sich auch verdient. Dieses männliche Streiten oder wie auch immer sie die Situation zwischen Hyas und Narius beschreiben sollte, war ihr heute egal.

Narius Blick wurde weicher, während er einen Schritt auf sie zuging. Doch kaum hatte er diesen Schritt getan, bewegte sich auch Hyas auf sie zu und stellte sich zwischen ihn und Marea.

»Du hast sie gehört. Lass sie in Ruhe.«

Hyas Worte waren fest und hart, doch Narius schüttelte den Kopf. Konnte er es nicht gut sein lassen? Marea verstand Narius nicht. Würde er an ihr hängen, wie er es vorgab, dann hätte er ihr heute nicht so wehgetan.

»Aber du musst verstehen, Marea. Das alles ist mehr, als es scheint. Mehr, als du glaubst.«

Marea war verwirrt, doch die Erklärung interessierte sie in diesem Moment nicht mehr. Sie schüttelte den Kopf und wandte sich gänzlich ab.

»Nein! Geh nicht, ehe du nicht alles weißt! Amphitrite, bleib!«

Marea verharrte in ihrer Position, drehte sich zur Seite und zurück zu Narius. Sie blickte ihn verwirrt an. Wie hatte er sie genannt? War er komplett verrückt geworden?

»Wenn du nicht einmal mehr meinen Namen weißt, dann wird es wirklich lächerlich!«

Doch Narius schüttelte den Kopf und ging einen weiteren Schritt auf sie zu. Dabei ignorierte er Hyas, der ein lautes Knurren ausstieß.

»Nein. Ich weiß genau, wer du bist. Du bist Amphitrite, die Königin des Meeres und die Frau von Poseidon.«

Marea schüttelte ungläubig den Kopf und seufzte genervt auf.

»Ich glaube, du hast dir irgendwo den Kopf gestoßen. Lass es gut sein«, wollte Marea ihn abwimmeln, doch Narius winkte ab.

»Nein. Das ist die Wahrheit. Du bist sie, das weiß ich ganz genau, denn ich bin Poseidon, Gott des Meeres, König der Ozeane. Und du, Marea, du bist die wiedergeborene Amphitrite, meine Frau. Ich spüre es und ich sehe es. Auch Demian, dein alter Delfin, hat dich erkannt und dir geholfen!«

Marea hatte das Gefühl, als wäre sie in einem schlechten Film gefangen. Sie schüttelte den Kopf und seufzte genervt auf.

»Ich glaube, du spinnst. Hör dir mal selbst beim Reden zu! Das ist unmöglich und klingt total bescheuert«, mischte sich Grace ein und nahm Marea schützend in ihre Arme.

Narius hatte den Verstand verloren.

Eindeutig!

»Ich spreche die Wahrheit, das solltest du einsehen, Marea! Das Meer gehört zu dir und du gehörst zu mir. Sieh es ein, dann können wir wieder miteinander glücklich werden!«, beharrte er auf seine Worte.

»Wie du siehst, hat sie kein Interesse an dir. Also verschwinde endlich«, machte sich auch Hyas bemerkbar, doch für ihn hatte Narius nur ein genervtes Schnauben über.

»Du bist genauso lästig wie dein Vater, nein, schlimmer! Du schlägst deinen Vater um Welten! Atlas hat Amphitrite nur Zuflucht gegeben aber sich nie eingemischt, doch du hingegen hast keine Ahnung, wann du dein Maul zu halten hast!«, tobte Narius und erneut erbebte die Erde unter ihnen, dieses Mal heftiger. Marea geriet ins Wanken, doch sie konnte verhindern, hinzufallen.

Das alles wurde ihr zu viel. Narius sollte Poseidon sein, Hyas der Sohn von Atlas, von dem sie keine Ahnung hatte, wer das wieder sein sollte und sie selbst Amphitrite? Lächerlich!

»Wir gehen jetzt, das wird immer bescheuerter. Ihr seid ja beide nicht mehr ganz normal im Kopf!«, stellte Grace fest und Marea nickte.

»Aber es ist die Wahrheit! Was glaubst du, wieso Hyas sich so für dich verantwortlich fühlt? Er ist wie sein Vater, nur, dass dieser als Strafe die Welt auf seinen Rücken tragen muss. Das sollte man ihm auch aufbürden, dann wären wir ihn endlich los. Marea – Amphitrite, ich bitte dich! Bleib!«, flehte Narius sie beinahe schon an, doch Marea konnte und wollte wirklich nicht bleiben. Sie hatte keine Kraft mehr, sich mit diesen Dingen auseinanderzusetzen. Sie konnte es nicht mehr hören. Noch immer pulsierte der alte Kopfschmerz in ihr, hämmerte gegen ihre Stirn und gegen ihre Schläfen. Der Alkohol, den sie zu sich genommen hatte, tat sein Übriges und ließ sie verschlossener für alles zurück.

»Lass meinen Vater aus dem Spiel!«, fauchte Hyas Narius.

»Ihr seid doch beide nicht mehr normal.«

Marea hätte erwartet, dass Hyas sich auf ihre Seite stellte und es leugnete, doch das tat er nicht.

Sie hatten den Verstand verloren.

Sie alle.

Kapitel 19

Kopfschüttelnd stand Marea neben den anderen und stieß einen lauten Seufzer aus. War sie hier in einer Nervenheilanstalt gelandet? Sie hatten doch alle komplett ihren Verstand verloren!

»Ich glaube, euch kann man allen nicht mehr helfen. Ich will von dem ganzen Zeug nichts mehr hören!«

Marea wandte sich gänzlich von ihnen ab. Sie ging mit raschen Schritten die letzten Meter zur Eingangshalle und durchquerte die gläserne Tür. Grace folgte ihr direkt, nicht jedoch ohne vorher ihren Gedanken mit wüsten Gesten Luft zu machen.

Die Tür schloss sich hinter ihnen und Marea hörte noch, wie Narius ihren Namen rief.

Wieder erzitterte die Erde und eine der kleineren Statuen in der Halle fiel klirrend zu Boden. Sie zerbrach in sämtliche Porzellanteile. Marea hielt sich instinktiv an einer nachgestellten antiken Säule fest, ehe sie sich zu Grace umdrehte.

Wie musste man sich bei einem Erdbeben verhalten? Angst mischte sich zu den Emotionen hinzu, die sie durchfluteten und sie war mit der Situation gänzlich überfordert.

»Komm, gehen wir hoch auf unser Zimmer. Das wird sich gleich wieder gelegt haben, keine Sorge. Ich glaube, in Athen gibt es oft kleine Erdbeben oder Seebeben «, behauptete Grace.

Marea klammerte sich noch immer an der Säule fest.

»Meinst du wirklich?«

Die Erde beruhigte sich wieder, als Marea Graces Hand an ihrem Oberarm spürte und langsam von ihr aus der Halle geführt wurde. Sie stolperte ungeschickt über die Treppen und widerstand dem Drang ein letztes Mal zurückzusehen. Zusammen betraten sie den Aufzug und fuhren nach oben. Müde lehnte Marea sich an die Wand des Hotels, während Grace das Zimmer aufschloss und sie mit sich nach drinnen zog. Nur zu gern folgte Marea ihrer Freundin und ließ sich direkt auf das Bett fallen, ohne jedoch darauf zu achten, sich vorher die Kleidung auszuziehen. Die warme Nachtluft hatte ihr Kleid schon fast ganz trocknen lassen.

»Die Männer spinnen doch komplett«, zeterte Grace darauf los, während sie die Tür hinter sich verschloss und die Vorhänge rasch zuzog.

»Das glaube ich auch, wie kommen sie überhaupt auf diesen Unsinn?«, warf Marea müde ein, fuhr sich mit den Händen über das Gesicht und seufzte fast schon frustriert auf. Grace ließ sich neben Marea fallen, drehte ihren Kopf in ihre Richtung und zuckte mit den Schultern.

»Lächerlich. Wenn dieser Kerl glaubt, ein Gott zu sein, dann bin ich Aphrodite höchstpersönlich!«

Marea musste grinsen und nickte.

»Ich glaube auch, dass diese Göttin dir am ehesten entsprechen würde.«

Grace nickte zustimmend und lachte leise, während sie sich auf den Bauch drehte. Sie robbte langsam näher zu Marea.

»Muss ich mich jetzt vor dir verneigen, Königin der Fische?«, zog Grace Marea auf, die leise schnaubte und den Kopf schüttelte. Für diesen Unsinn war sie viel zu müde.

»Nicht? Aber ein Knicks wäre wohl das Mindeste für Eure Hoheit. Ich lasse Euch gern die Badewanne ein, wenn es Euch nach dem Meer gedünkt.«

Nun musste Marea doch lachen, ehe es in einem müden Gähnen unterging.

»Das ist wohl angemessen.«

Grace lachte ebenfalls leise und legte den Kopf auf ihren verschränkten Händen ab, während ihre hellen Augen Marea musterten.

»Ich glaube, dass diese Idioten da draußen wirklich spinnen.«

Marea nickte, sagte aber nichts mehr dazu. Sie ließ ihre Gedanken ziehen und versuchte, alles zu verarbeiten, was sie heute erlebt hatte. Ein leiser Seufzer rollte über ihre Lippen.

»Grace?«

Die Angesprochene drehte sich ihr zu und musterte sie fragend. Doch Marea wusste nicht, wie sie weitersprechen sollte.

Sie schwieg einen Moment, ehe Grace eine Augenbraue hob und ihr somit klar machte, dass sie weitersprechen sollte.

»Es tut mir leid, das alles. Bist du mir wirklich nicht böse?«

Marea konnte nicht verhindern, dass ihre Stimme leise und brüchig war. Noch immer herrschte das schlechte Gewissen in ihr vor und sie wollte die Freundschaft nicht zerstört haben.

Doch Grace sagte nichts dazu, sie winkte ab und schloss die Augen.

»Nachdem was wir heute alles erlebt haben, kann ich dir gar nicht böse sein. Der Abend war zu verrückt. Lass uns das einfach vergessen, ja?«

Grace erhob sich und zog sich, nachdem Marea ihr langsam zugenickt hatte, im Badezimmer zurück. Marea bewunderte ihre Freundin dafür, jetzt noch eine Dusche nehmen zu können, sie selbst war dazu viel zu müde und hatte sich nur mit Mühe wachgehalten.

***

Am nächsten Morgen wurde Marea früh wach. Als sie zu Grace blickte, bemerkte sie, dass diese noch schlief. Das überraschte sie nicht. Ihr Kopf schmerzte, aber noch mehr quälten sie Fragen. Fragen, die Narius ihr eingepflanzt hatte. Sie wälzte sich im Bett herum und versuchte, einzuschlafen. Aber es gelang ihr nicht. Solang sie keine Antwort hatte, würde sie keinen weiteren Schlaf mehr finden.

Langsam griff sie in ihre Tasche und kramte nach ihrem Handy. Einen Moment lang wusste Marea nicht, was sie tun sollte. Doch dann fiel es ihr wieder ein und sie öffnete die Internetsuchmaschine auf dem Smartphone.

Langsam tippte sie das Wort ‚Poseidon' ein und gelangte direkt zu einem Eintrag über die griechische Götterfigur. Ein Bruder des Zeus und ein Gott des Meeres, verheiratet mit Amphitrite. Er war eine der zwölf olympischen Gottheiten, den Olympioi und das Pferd war ihm heilig.

Marea las weiter.

»Er lebt in der Tiefe des Meeres, in einem Palast aus Kristall«, las sie mit leiser Stimme vor und ein Schauer bildete sich auf ihrer Haut. Doch so sehr sie auch zu lesen aufhören wollte, sie konnte es nicht.

»Wenn er wütend wird, verursacht er Erdbeben und Überschwemmungen, wodurch er Schiffe zum Sinken brachte.«

Marea war froh, dass Grace noch schlief. Sie würde sie wohl für verrückt halten, wenn sie wüsste, was Marea gerade las. Sie schloss die Internetseite von Poseidon wieder und öffnete stattdessen jene zu Atlas.

Wieder überkam sie ein seltsames Gefühl.

»Atlas ist ein Titan aus der griechischen Mythologie, der das Himmelsgewölbe am westlichsten Punkt der damals bekannten Welt trägt und stützt. Er personifiziert das Atlasgebirge«, murmelte sie und schüttelte den Kopf. Das hörte sich komplett bescheuert an. Dennoch scrollte sie weiter, blieb bei den Nachkommen des Atlas hängen und las hier genauer nach.

Atlas sollte mehrere Gattinnen gehabt und zahlreiche Kinder mit ihnen gezeugt haben. Marea ließ ihren Blick über die Namen schweifen und stoppte doch, als sie einen bestimmten Namen las.

Hyas.

Einen Sohn, den er zusammen mit Pleione hatte. Marea bemerkte, wie ihr übel wurde und sie schüttelte den Kopf.

Das konnte nur ein Zufall sein, ein Scherz. Sie glaubte nicht daran, dass das, was sie las, wirklich etwas zu bedeuten hatte.

Es juckte sie in den Fingern, auch noch einen Eintrag über Amphitrite zu lesen, doch ihr graute davor, was sie dort erfahren würde. Zwar kannte sie die Namen der bekanntesten griechischen Götter, doch genauer kannte sie sich damit nicht aus.

Das war vielleicht auch besser so.

Erst jetzt bemerkte sie, dass sie noch immer das Kleid vom Vortag trug. Langsam setzte sie sich auf und begann sich mit ungeschickten Fingern auszuziehen. Die Kleidung schmiss sie neben sich auf den Boden. Um die Sachen würde sie sich später kümmern. Jetzt hatte sie keinen klaren Kopf mehr dafür frei.

So ließ sie alles zu Boden fallen, bis sie nur noch in Unterwäsche auf dem Bett saß und krabbelte unter die Decke.

Marea wollte am liebsten vergessen, was geschehen war. Vergessen, was passierte und vergessen, was sie gehört oder gesehen hatte.

Doch ihr gingen viele Gedanken durch den Kopf, zu viele, als dass sie auch nur ansatzweise zurück in den Schlaf gleiten konnte.

Sie war sich sicher, dass Narius gelogen hatte und dass er keine griechische Sagenfigur sein konnte. Das war utopisch und unmöglich.

Hatte sie sich so in ihm getäuscht?

Kapitel 20

Lang hatte es gedauert, bis Marea zurück in den Schlaf gefunden hatte und es war dementsprechend spät, als sie am nächsten Tag die Augen öffnete. Dieser Urlaub kam ihr vor wie ein Albtraumtrip und sie freute sich schon darauf, wenn sie wieder nachhause fliegen würden. Tatsächlich hatte sie vor dem Einschlafen darüber nachgedacht, früher abzureisen.

Grace war bereits wach, angezogen und schien frisch geduscht zu sein. Im Schneidersitz saß sie auf dem Bett und hielt in ihrer Hand einen Coffee-to-go Becher. Es dauerte ein paar Augenblicke, bis Grace bemerkte, dass Marea tatsächlich wach war. Mit einem Grinsen stellte sie den Becher auf dem Nachtschrank ab.

»Guten Morgen, Schlafmütze!«

Marea grummelte und zog sich die Decke über den Kopf, doch augenblicklich riss Grace ihr diese weg.

»Nichts da, du bleibst schön wach. Du hast ohnehin den halben Tag geschlafen. Es ist schon zwei Uhr nachmittags!«, schimpfte Grace mit Marea, der das aber gerade herzlich egal war. Sie stieß einen Seufzer aus und rollte sich etwas zusammen, wobei sie Grace vorwurfsvoll anblickte.

»Aber ich möchte schlafen. Ich bin noch müde.«

Grace schüttelte erbarmungslos den Kopf.

»Das kannst du vergessen, ich war schon gnädig genug und habe dich ausschlafen lassen. Aber jetzt musst du wach bleiben!«

Marea schnaubte und setzte sich mürrisch auf. Sie griff nach ihrem Handy und sah nach, ob Grace recht hatte und tatsächlich – es war bereits nachmittags.

»Gestern Nacht gab es ein Seebeben. Das war das, was wir gespürt haben. Aber es war nicht sonderlich stark«, plauderte Grace munter darauf los und Marea nickte wieder. Sie war noch nicht in der Lage, Gespräche zu führen. Anders als ihre Freundin brauchte sie immer ein paar Minuten, bis man sich wirklich mit ihr unterhalten und auch mit einer halbwegs vernünftigen Antwort rechnen konnte.

Wieder gähnte sie leise und Grace lehnte sich zurück. Sie griff nach einem zweiten Becher und reichte ihn ihr.

»Hier. Für dich, der ist zwar schon kalt, aber er wird dich trotzdem wach machen!«

»Danke.«

Langsam nippte Marea an dem mittlerweile kalten Kaffee und streckte sich etwas. Die Lebensgeister kehrten zurück und sie stellte den Becher wieder ab.

»Ein Seebeben sagst du?«, hakte Marea nach und Grace nickte. Sie hatte wieder ihr Handy in der Hand und schien nach etwas zu suchen.

»Ja, aber es gibt keine Verletzten. Es soll eine Stärke von 4,3 gehabt haben und Peleponnes erschüttert haben. Schäden hat es auch keine gegeben, da hatten wir alle wohl wirklich Glück.«

Marea nickte langsam und zog die Beine näher an ihren Körper.

»Wusstest du, dass der Gott Poseidon auch Erdbeben erzeugen kann, wenn er wütend ist?«

Grace hob den Blick und sah Marea an, als hätte sie komplett den Verstand verloren.

»Nein. Oh nein! Sag mir jetzt nicht, dass du den Schwachsinn glaubst, den diese Halbaffen gestern von sich gegeben haben! Untersteh dich!«

Marea zog den Kopf bei dieser Schimpftriade ein und schluckte hart.

»Naja, das nicht. Aber komisch ist es schon, findest du nicht? Er war so wütend und dann war dieses Erdbeben.«

Wieder schüttelte Grace genervt den Kopf und schmiss ihr ein Brötchen zu.

»Dich schickt der Himmel, danke!«

Nur zu gern biss Marea hinein. Es überraschte sie, dass sie neben Hunger und etwas Durst keine Kopfschmerzen mehr hatte. Zwar fühlte sie sich, als wäre sie unter sämtliche Räder gekommen, aber dennoch war sie erstaunlich fit.

»Das weiß ich. Ich bin ein Geschenk Gottes! Und du hör jetzt auf, tatsächlich auch nur irgendetwas in die Worte von diesem Spinner hineinzuinterpretieren. Hyas ist keinen Deut besser als Narius! Er hat da auch noch mitgemacht!«, schimpfte Grace darauf los. Sie griff nach ihrem Kissen und schmiss es nach Marea, die sich ducken und dem Angriff ausweichen konnte.

Wieder biss sie in das Brötchen und kaute langsam.

»Schon gut, ich höre ja schon auf«, beschwichtigte Marea ihre Freundin, als sie den Bissen hinuntergeschluckt hatte. Sie nahm erneut einen Schluck des kalten Kaffees. Grace beäugte sie misstrauisch.

»Da bin ich mir gerade aber nicht sicher. Du solltest dem keine Beachtung mehr schenken. Sie sind verrückt. Alle zwei! Und dabei dachte ich, dass Hyas normal und sexy wäre. Wobei, sexy ist er ja noch, aber normal offensichtlich nicht!«

Marea schüttelte den Kopf und musste grinsen.

»Er ist verlobt, hast du das etwa schon vergessen? Lass lieber nicht Helen hören, wie du über ihren Verlobten redest. Ich glaube, dass sie dir auch so schon den Kopf abreißen möchte!«

Grace zuckte mit den Schultern und schlürfte erneut aus ihrem Becher.

»Mir doch egal, neben mir wirkt sie blass und unscheinbar. Wenn er Geschmack hätte, dann würde er sie für mich stehen lassen.«

So wie Grace diese Worte aussprach, war sie davon offensichtlich wirklich überzeugt. Marea hob eine Augenbraue und schüttelte den Kopf.

»Aber wenn er sie ansieht, dann sieht man, dass er sie liebt. Das kannst du nicht leugnen!«

Wieder zuckte Grace mit den Schultern und schlürfte weiter.

»Egal. Ich kann ihm genau das geben, was Helen ihm geben kann. Sogar noch mehr und das weißt du genau, Marea! Du weißt, dass ich Männern jeden Wunsch von den Augen ablese.«

Marea nickte nur, war doch noch immer mit ihrem Frühstück beschäftigt.

»Kann sein, aber sag das bloß nicht Helen! Ich brauche dich noch! Nicht, dass sie dich in der Luft zerreißt!«

Grace grinste ihr entgegen.

»Glaub mir, das wird sie wohl kaum schaffen!«

Marea lächelte ebenfalls, während sie erneut nach dem Handy griff. Sie hatte keine versäumten Anrufe und auch keine Nachrichten bekommen. Fast schon perfekt, so mochte sie es am liebsten.

Sie war nicht so kontaktfreudig wie ihre Freundin Grace und war froh, wenn sie ihre Ruhe hatte. Im

Augenwinkel bemerkte Marea, wie Grace den Hals reckte und versuchte, einen Blick auf das Display zu erhaschen.

»Was schaust du da?«

Wieder kaute Marea, doch dieses Mal hatte sie den Bissen schneller hinuntergeschluckt. Es war der letzte Bissen ihres Brötchens gewesen, das sie fast schon im Rekordtempo verschlungen hatte.

»Emails.«

Grace schien misstrauisch zu sein, denn sie lehnte sich weiter nach vorn.

»So? Doch keine von Narius oder Hyas? Solltest du eine Nachricht von ihnen haben und nicht sofort löschen, dann Gnade dir Gott!«

Marea schüttelte den Kopf, sah jedoch nicht auf.

»Quatsch. Woher sollen sie meine Emailadresse haben? Nur Werbung, vielleicht bestelle ich mir neue T-Shirts, wenn wir wieder daheim sind. Es sind derzeit viele Sommerschlussverkäufe«, erzählte Marea, während sie sich durch die Spammails scrollte. Grace rollte mit den Augen.

»Lass uns lieber normal einkaufen gehen, das macht mehr Spaß als dieses Onlineshopping!«

Ohne ihr wirklich zuzuhören nickte Marea, während sie erneut die Suchseite im Internet aufrief. Sollte sie es wagen? In der Nacht hatte sie sich viele Gedanken darum gemacht, wer oder was diese Amphitrite sein mochte.

Den Namen hatte sie schon einmal gehört, doch viel konnte sie damit nicht anfangen. Sollte sie es tun? Am Rande bekam Marea mit, wie Grace ihr wohl ihr Lieblingseinkaufszentrum schmackhaft machen wollte, doch darauf achtete sie nicht.

Sie tippte ‚Amphitrite‘ ein und gelangte sofort zu jener Seite, die sie bereits gestern Abend besucht hatte.

‚Amphitrite ist eine Nereide oder Okeanide der griechischen Mythologie und gilt als Beherrscherin der Meere und ist für ihre Schönheit bekannt. Ihre Eltern sind Nereus und Doris. Sie wurde solang von Poseidon umworben, bis sie seinem Werben nachgab und auf einem Delfin zu ihm gebracht wurde. Dort vermählten sie -‘, las Marea, als ihr das Handy aus der Hand gerissen wurde.

»Marea? Was haben wir eben besprochen? Glaube nicht den Spinnern, die dir mitten in der Nacht einreden wollen, dass sie Götter sind und dass du ebenfalls eine Göttin oder was auch immer sein sollst!«, schimpfte Grace direkt los. Marea seufzte auf. Grace meinte es gut mit ihr, das wusste sie und doch fiel es ihr schwer, das gänzlich zu vergessen.

»Ich weiß, aber es ist schwer, das alles gleich zu vergessen. Ja, es hat sich komisch angehört, aber ich möchte auch wissen, wovon sie gesprochen haben.«

Graces Blick wurde weicher, als sie das Handy weglegte.

»Das verstehe ich, Marea. Wirklich. Aber du solltest nach vorn sehen und versuchen, einen Haken unter diese Sache zu setzen. Das wäre besser für dich«, murmelte Grace leise und Marea nickte.

»Ja, aber es ist schwer.«

»Das weiß ich. Und genau deshalb lenke ich dich jetzt ab. Also los, geh dich duschen und anziehen und dann machen wir einen Mädelstag! Hier in der Nähe ist ein Einkaufszentrum, dann musst du nicht mit diesen scheußlichen Sachen aus den Schlussverkäufen herumlaufen!«

Poseidon

Wutentbrannt stürmte Poseidon in die Halle des Olymps. In der Nacht zuvor war er noch heftig mit Hyas aneinandergeraten und hatte mit ihm gestritten, nachdem Marea im Hotel verschwunden war. Hyas war seinem Vater wie aus dem Gesicht geschnitten und schon damals hatte ihm die Visage von Atlas aufgeregt.

Zu gern hätte er in dieser Nacht noch mit Marea gesprochen und ihr alles erklärt, doch sie hatte abgeblockt. Für sie war es wohl zu viel gewesen und er hatte sie nicht noch weiter verscheuchen wollen. Dennoch fiel es ihm schwer, die Füße stillzuhalten. Er musste mit jemandem sprechen, der sich auskannte.

Mit Aphrodite.

Poseidon blickte sich in der Halle genau um und suchte die ausladende Tafel nach der Liebesgöttin ab, doch von ihr war keine Spur zu sehen. Sie war nicht hier, was selten war. Denn nicht oft verließ sie den Olymp.

Sie hatte es aufgegeben, den Menschen auf der Erde helfen zu wollen und lenkte Liebesangelegenheiten vom

Olymp aus oder schickte Eros, der die Arbeiten für sie erledigte.

Praktisch, er hätte auch gern einen solchen Fußabtreter, der ihm seine Drecksarbeiten abnahm. Doch von so einem Ruhestand konnte Poseidon nur träumen.

»Suchst du jemanden?«

Er sah zur Seite und erkannte Hermes, der zusammen mit Ares in der Ecke saß und offensichtlich waren sie ziemlich beschäftigt.

»Ja, Aphrodite oder Eros, wobei mir Aphrodite lieber wäre.«

»Sie sind nicht da, hast du noch nicht mitbekommen, dass wir gerade andere Sorgen haben?«, knurrte Ares unhöflich. Schon immer war der Gott des Krieges alles andere als charmant gewesen. Er war für seine wilde und rohe Brutalität bekannt und Poseidon hatte ihn noch nie fröhlich erlebt.

Er war immer zornig und grimmig. Da sagte ihm noch einmal jemand nach, dass er oft wütend war!

»Dann werde ich sie woanders suchen«, entgegnete Poseidon. Ares wandte sich von ihm ab und gab ihm das Gefühl, als wollte er ihm sowieso nicht weiter zuhören.

»Ist Zeus hier?«, fragte Poseidon Hermes, der sich ebenfalls wieder abgewandt hatte.

Dieser seufzte auf und sah erneut in die Richtung des Meeresgottes, doch eine Antwort gab er ihm nicht.

»Hat gerade zu tun. Du bekommst in deiner Muschel auch nichts mit oder? Der Olymp hat gerade andere Sorgen«, knurrte Ares stattdessen missmutig und antwortete so anstatt Hermes, der sich ein Grinsen verkneifen musste und leise gluckste.

»Pass lieber auf, wie du mit mir sprichst! Ich verlange zu erfahren, was hier vor sich geht!«, sagte Poseidon in einem barschen Tonfall.

»Wir haben eine Daimonenplage. Diese Biester lassen sich nicht verscheuchen und werden ganz schön lästig«, mischte sich Hermes ein und Poseidon hob eine Augenbraue.

»Aus dem Hades?«, hakte Poseidon nach, doch Ares schüttelte den Kopf.

»Nicht nur. Sie kommen von überall her und kriechen in alle Ritzen und Winkel. Sie sind lästig. Außerdem halten sie uns von unserer Arbeit ab.«

Poseidon lag die Frage auf der Zunge, welchen schweren Arbeiten Ares nachgehen musste, doch diese Frage unterließ er lieber. Er wollte ihn nicht noch weiter anstacheln. Das letzte Mal, als jemand den Kriegsgott provoziert hatte, war ein Weltkrieg ausgebrochen. Das konnte er jetzt wirklich nicht gebrauchen, er musste schließlich Marea dazu bringen, sich in ihn zu verlieben und ihre Vergangenheit anzunehmen.

»Was brauchst du denn überhaupt von Aphrodite?«, wollte Hermes wissen. Poseidon ging währenddessen weiter auf sie zu und erkannte, dass sie vor einem großen Pergament saßen, das die verschiedenen Wohnstätten der Götter abbildete. Offensichtlich versuchten sie einen geeigneten Grenzschutz gegen die Daimonen zu finden.

»Etwas, wobei ihr mir bestimmt nicht helfen könnt.«

»Wir können dir bei allem helfen. Unterschätze uns nicht, Muschelkönig!«, knurrte Ares. Poseidon knurrte zurück und Hermes klatschte laut in die Hände.

»Männer, so kommen wir nicht weiter! Wir lösen jetzt Poseidons Problem und dann widmen wir uns wieder den Daimonen. Wenn nur Zeus seinen Donnerkeil benützen könnte oder du deinen Dreizack, dann wäre uns schon geholfen!«, erklärte Hermes und Ares brummte erneut.

Poseidon war sich nicht sicher, ob diese Männer ihm wirklich helfen konnten, doch einen Versuch konnte er durchaus wagen. Mit einem Seufzer zog er einen Stuhl heran und ließ sich darauf nieder.

»Ich muss Marea davon überzeugen, dass sie Amphitrite ist«, fasste er sich kurz. Ares zuckte mit den Schultern.

»Das ist einfach. Der Weg in das Herz einer Frau ist der Kampf. Bezwinge sie im Zweikampf oder bringe ihr ein paar Hände oder Köpfe von Feinden, dann hast du sie schon gewonnen«, war sich der Kriegsgott sicher.

Poseidon hob eine Augenbraue. Es überraschte ihn nicht, dass der Kriegsgott noch immer Junggeselle war. Das konnte er doch nicht ernst meinen!

»Unsinn, hör nicht auf Ares. Er hat keine Ahnung. Ich würde mit ihr fliegen und ihr die Welt der Götter zeigen. Dann glaubt sie auch an das, was du sagst«, warf Hermes ein. Ares brummte.

»Langweilig. Meine Version gefällt mir besser.«

Doch Poseidon war anderer Meinung, Hermes konnte womöglich mit seinem Vorschlag hilfreich sein.

»Das Problem ist nur, dass ich nicht mit ihr in meinen Palast reisen kann. Was ist, wenn sie zu impulsiv ist und nach draußen läuft? Dann läuft sie ins offene Meer und solang sie nicht wieder unter Wasser atmen kann, sollte sie das lieber vermeiden.«

Hermes nickte wissend, während Ares sich wieder der Karte zugewandt hatte und mit einem grauen Stift dort Kreuze setzte, wo er die Grenzen wohl besser bewacht wissen wollte.

»Ein guter Einwand. Dann zeige ihr etwas anderes. Dir wird da schon etwas einfallen! Du wirst doch mit Amphitrite mehr gemacht haben, als im Palast herumgesessen zu sein«, schlug Hermes vor. Ares wirkte wenig begeistert.

»In dieser Muschel hätte ich es nicht lang ausgehalten. Sind im Meer nicht Haie? Kämpfe doch gegen einen von ihnen!«

Poseidon schnaubte und schüttelte den Kopf. Ihm war klar, dass der Kriegsgott in Liebesdingen wohl keine besonders große Hilfe war.

Plötzlich kam eine fast durchsichtige Gestalt zum Vorschein, die unter dem Tisch hinauf griff und sich den blauen Stift, der Hermes gehörte, schnappte.

Mit einem unnatürlichen Kichern rollte das geflügelte Geistwesen durch die Luft und zog eine Fratze.

Ein Daimon, kein besonders schlaues und kein besonders großes Exemplar. Poseidon wusste, dass diese kleinen Kerlchen nur Chaos trieben und dafür sorgten, dass Menschen verlegte Dinge nicht mehr fanden. Besonders große Freude hatten sie dabei, Schlüssel zu verstecken oder Socken zu stehlen. Weshalb sie sich ausgerechnet für Socken interessierten, war Poseidon ein Rätsel.

»Ausgeburt des Hades! Nieder mit dir!«, brüllte Ares, der augenblicklich sein Schwert zog und aufgesprungen war. Mit einer geschmeidigen Bewegung wurde das Schwert durch die Luft geführt und der kichernde Daimon entzweigeschlagen, der in den letzten Sekunden seines Lebens noch einen markerschütternden Schrei von sich gegeben hatte.

»Wo der herkommt, gibt es mehr. Noch schlimmer. Irgendwann kommen die Gefährlichen hierher, die wirklich Schaden anrichten«, erklärte Hermes, obwohl jeder in der Halle davon wusste.

Ares knurrte und steckte das blutverschmierte Schwert zurück in dessen Scheide. Der Stift, den der Daimon an sich genommen hatte, war zu Boden gefallen.

»Es wird nicht lang dauern und wir werden wirklich Probleme bekommen.«, fügte Hermes hinzu. Ares ließ sich wieder auf seinen Platz fallen. In seinem Gesicht zeichnete sich eine ungewöhnliche Zufriedenheit aus. Wie immer, wenn er das Schwert geschwungen hatte.

»Sollen sie nur kommen und sollen sie auch die Erinnyen schicken! Ich werde mit ihnen allen fertig!«

Daran zweifelte Poseidon nicht, es war bekannt, dass Ares sich im Kampf am wohlsten fühlte. Doch nicht alle Götter des Olymps konnten sich so gut verteidigen wie der Kriegsgott. Poseidon fielen viele Namen ein, Namen von Göttern, die gegen die Erinnyen nicht so gute Karten hatten wie Ares. Er selbst zählte sich nicht dazu und hätte kein Problem damit, gegen die Vetteln zu kämpfen.

Doch es musste nicht sein, vor allem, da er kurz davor war, seine alte Macht zurückzuerlangen. Marea musste nur noch annehmen, wer sie war. Sie musste verstehen, welche Rolle sie spielte und dann würde er wieder seinen Dreizack schwingen können.

Dann wäre er wieder der Herrscher des Meeres, der Bezwinger der Ozeane und würde den Olymp von diesen Plagegeistern mühelos befreien können.

Es wurde Zeit. Er musste sich beeilen und erneut mit Marea sprechen. Vielleicht hatte der Schlaf ihr geholfen, alles zu verarbeiten. Und dann würde er ihr alles erklären und vielleicht auf Hermes Ideen zurückgreifen.

Er erhob sich. Die Zeit war gekommen, sich seine Macht zurückzuholen.

»Wenn wir uns das nächste Mal sehen, dann habe ich meinen Dreizack wieder, das schwöre ich euch.«

Poseidon würde es schaffen, er wusste es.

Nur nicht mit Ares Plan, denn dann konnte er seinen Dreizack direkt an die Hydra verfüttern.

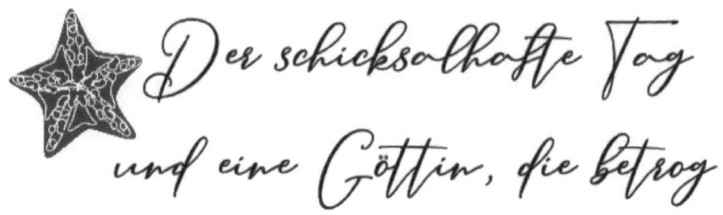

Der schicksalhafte Tag und eine Göttin, die betrog

Amphitrite

Wie an jedem Tag saß Amphitrite vor ihrem Spiegel und in ihrer Hand lag ein Muschelkamm. Sie blickte in das helle Kristall, sah sich selbst in die ozeanblauen Augen und lächelte. Sie hob die Hand und ließ den Muschelkamm durch ihre seidigen Haare fahren, als ein Fiepen vom Balkon zu hören war.

Dieser war offen und Demian, ihr treuer Begleiter, trieb vor ihr im Wasser hin und her. Er war kein normaler Delfin mehr. Damit er stets in ihrer Nähe sein konnte, hatte Poseidon ihm eine stärkere Lunge geschenkt, mit der er monatelang unter Wasser leben konnte, ohne atmen zu müssen. Zudem war er unsterblich, so wie sie und alterte auch nicht.

Amphitrite erhob sich und ging auf ihren treuen Begleiter zu.

»Findest du mich hübsch?«, fragte sie nach und wieder fiepte Demian. Das wertete Amphitrite als ein ja, lächelte und trat aus der unebenen Blase, die den Kristallpalast umgab. Sofort spürte sie das Wasser auf ihrem Körper, als sie die Hand auf die Schnauze des Delfins legte. Ihre Haare, die sie zuvor noch gekämmt hatte, trieben ruhig umher.

»Bringst du mich zum Festland?«, fragte Amphitrite Demian, der leise fiepte. Wieder deutete sie das als ein ja, schwamm um den Delfin herum und setzte sich auf dessen Rücken.

Es war Zeit. Heute war das Treffen mit Hera, Persephone und Eris. Ein wenig mulmig war ihr schon zumute, doch nachdem Poseidon in der vorherigen Nacht erneut getobt und eine schreckliche Flutwelle über die Inseln gejagt hatte, wollte sie ihm diese Flausen austreiben.

Vielleicht half es wirklich.

Demian brachte sie auf die Wasseroberfläche und schwamm mit ihr zu einer der verborgenen namenlosen Inseln, die im Besitz der Götter waren. Es überraschte sie nicht, dass Hera, Persephone und Eris bereits auf sie warteten.

Die Sonne schien an diesem Tag nicht, der Himmel war wolkenverhangen und ein kalter Wind umwehte Amphitrite, als sie sich von Demian verabschiedete und ihm einen Kuss auf die Schnauze gab.

»Du bist spät dran«, rügte Hera sie direkt, doch Amphitrite ließ sich davon nicht beirren. Mit hocherhobenem Kopf ging sie auf die Göttinnen zu und stellte sich neben sie.

Sie war nicht die einzige Königin hier, auch Hera und Persephone trugen ihre Kronen als Zeichen ihres Ranges. Während Amphitrites Krone aus Muscheln bestand, war Heras Kronen aus blauen Blumen und Gold gefertigt und Persephones war schwarz und mit weißen Blumen verziert.

»Das ist egal, jetzt sind wir hier versammelt und das allein zählt. Trinkt das und ihr werdet für die Götter nicht mehr aufzuspüren sein. Keine Sorge, ich werde es ebenfalls trinken. Ihr müsst keine Bedenken haben«, erklärte Eris und reichte ihnen jeweils einen Becher mit grüner Flüssigkeit.

»Was ist das?«, verlangte Amphitrite zu wissen.

»Ein Serum der Moiren, damit verschleiern sie eure Kräfte und lassen euch für göttliche Augen menschlich erscheinen. So werden eure Männer spüren, dass euch etwas zugestoßen ist und dann könnt ihr eure Pläne ausführen.«

Amphitrite hatte nicht vor, eine großartige List auszuführen. Poseidon würde der Schock, dass sie fort war, genügen. Da war sie sich sicher.

»Gut.«

Hera und Persephone nickten ebenfalls und Hera war die Erste, die den Becher an ihre Lippen führte und trank.

Eris, Persephone und Amphitrite taten es ihr gleich. Kaum hatte Amphitrite den Becher geleert, dessen Inhalt gerade für zwei Schlucke gereicht hatte, spürte sie ein Brennen, das durch ihren Körper ging.

Sie hörte Demians besorgtes Fiepen, doch darauf konnte sie gerade keine Rücksicht nehmen. Sie krümmte sich und presste die Augen zusammen. Der Schmerz fuhr durch Mark und Bein.

»Eris, beim Hades! Was hast du uns gegeben?«, fluchte Persephone beinahe lautlos. Amphitrite öffnete die Augen und sah, dass es den anderen nicht besser erging als ihr. Auch sie krümmten sich. Doch so schnell der Schmerz gekommen war, genauso schnell war er wieder verschwunden. Eris richtete sich als Erste auf und lächelte.

»Es ist vollbracht.«

Plötzlich jagte ein übernatürliches Kreischen über den Himmel. Amphitrite sah erschrocken nach oben und erblickte drei Frauengestalten, die auf sie zugestürzt kamen.

Sie waren geflügelt und wunderschön, doch in ihren Augen lag etwas Beängstigendes.

Die Erinnyen.

Persephone fiel in das Kreischen ein und sprang zur Seite, als Megaira nach ihr griff. Doch noch bevor Amphitrite sehen konnte, ob Persephone rechtzeitig ausgewichen war, spürte sie Alektos Hand auf ihrer Taille. Sie sah nach oben und erkannte das gemeine Grinsen der Unaufhörlichen. Der Boden unter ihnen brach mit einem lauten Geräusch auf.

»Hab ich dich«, zischte sie ihr entgegen und griff nun auch mit ihrer zweiten Klaue zu, ehe sie Amphitrite in die Tiefe riss.

***

Amphitrite kreischte, als Alekto sie immer weiter nach unten zog. Die Insel war nicht mehr zu sehen. Sie wollte sich wehren und den Griff abwenden, doch die Klauen hatten sich fest in ihr Fleisch gebohrt.

»Ich befehle dir, mich loszulassen!«

Doch Alekto lachte laut auf und ignorierte ihre Forderung. Sie stürzte immer tiefer und entließ sie erst aus ihren Klauen, als Amphitrite erkannte, wohin sie gebracht wurde.

Zu den Moiren.

Doch das würde Alekto nichts bringen! Sie kannte ihr Schicksal und die Moiren würden ihr Übriges dafür tun, dass sie diesen Ort wieder verlassen konnte. Außerdem war der Hades die Heimat der Persephone und diese würde ihnen erst recht helfen können, wieder in ihre Welt zurückzukommen.

Amphitrite landete hart am Boden und sah sich um. Noch nie war sie in der Unterwelt, im Hades, gewesen. Es war dunkel und keine Sonne erhellte die Kammer, obwohl diese nach oben hin nicht geschlossen war. Sie wirkte endlos.

Amphitrite atmete schwer, während sie sich langsam aufrichtete. Dreck war auf ihren Knien und ihrer Kleidung, doch das ignorierte Amphitrite. Ihre Krone war ihr vom Kopf gefallen und sie erkannte, dass Eris diese in ihrer Hand hielt. Auch die Kronen von Hera und Persephone hatte Eris an sich genommen.

»Was soll das?«, verlangte Persephone zu wissen, die sich von der Umgebung nicht einschüchtern ließ. Eris landete leichtfüßig neben ihnen und wandte sich den Moiren zu.

Drei Frauen, die in weiß gekleidet und deren Gesichter mit dunklen weißen Schleiern verhangen waren. Obwohl keine Sonne schien, konnte Amphitrite gut sehen, doch sie wusste nicht weshalb. Sie hatte auch keine Zeit, das weiter zu hinterfragen.

Sie musterte die drei Frauen vor sich und wägte sich in Sicherheit. Die drei Moiren, Lachesis, Klotho und Atropos. Die Spinnerinnen der Schicksale der Welt.

Klotho spann den Faden, Lachesis bestimmte dessen Länge und Atropos durchschnitt ihn. Sie bestimmten die Lebensdauern der Sterblichen und die der Götter, niemand konnte darauf Einfluss nehmen, nicht einmal Zeus. Amphitrites Magen zog sich zusammen, als sie zusah, wie Klotho drei Fäden spann und diese an Lachesis reichte. Ohne zu sprechen, maß sie diese aus. Amphitrite sah zu Eris.

»Was soll das? Das war nicht abgemacht«, murmelte sie, doch die Göttin lachte leise.

»Ihr habt eure Unsterblichkeit aufgegeben. Zeus, Poseidon und Hades haben lang genug über uns alle geherrscht. Es wird Zeit, dass das Zepter in andere Hände übergeht. Mit euch und diesem Fluch wird auch ein Teil ihrer selbst sterben. Ein Teil ihrer Macht, die ich und die anderen erhalten.«

Amphitrite wurde übel.

»Du hast uns betrogen«, murmelte sie leise und blickte zu Persephone, die genauso entrüstet war wie sie. Nur Heras Miene war undurchlässig. Hatte sie davon gewusst?

Nein.

Kein Gott gab seine Unsterblichkeit freiwillig auf und erst recht nicht, wenn an dessen Leben ein Teil der Macht der drei mächtigsten Götter des Olymps haftete.

»Ich habe euch nicht betrogen. Eure Männer werden dadurch auch lernen, dass sie ihre Laster ablegen müssen.«

Amphitrite sackte zusammen, während eine weitere Gestalt auftauchte. Eine geflügelte Frau, die auf dem Olymp nur allzu gut bekannt war.

Ihre Miene war ausdruckslos und Amphitrite wusste nicht, welcher Seite sie zugehörig war. Nemesis, die Göttin des gerechten Zornes und der ausgleichenden Gerechtigkeit. War sie hier, um ihnen zu helfen? Amphitrite blickte zu Eris, deren Augen sich gefährlich verengten.

»Du hast dich hier nicht einzumischen!«

Doch Nemesis schien sich von Eris nicht aus der Ruhe bringen zu lassen. Amphitrite hätte Nemesis für ihre Ausgeglichenheit bewundert, wenn ihr nicht tausend Gedanken durch den Kopf geschossen wären.

»Welcher Fluch, was ist damit gemeint?«, verlangte Persephone zu wissen und auch in ihrem Gesicht konnte Amphitrite Qualen ablesen. Sie war, so wie sie, eine Betrogene.

»Der Fluch, der das Ende der Herrschaft von Zeus und seinen bescheuerten Brüdern bedeutet! In dem Moment, als ihr das Gift leichtgläubig getrunken habt, wurde er in Gang gesetzt und an ihm ist nichts mehr zu ändern!«, kreischte Eris laut, doch Nemesis schüttelte den Kopf.

»Das ist falsch, denn ich werde dafür sorgen, dass ausgleichende Gerechtigkeit eingehalten wird! Ja, du hast einen Fluch über sie gebracht, doch er soll nicht unabdingbar sein. Selbst wenn es jetzt zu spät ist, so sollen diese Frauen ihre Chancen zur Gerechtigkeit erhalten. Du hast dich selbst überschätzt und dieses Handeln gehört bestraft.«

Die Stimme der Nemesis hallte in den Hallen wider, auch in Amphitrites Kopf dröhnte sie.

Sie hielt sich die Hände an die Ohren. Es war ihr unangenehm, die Stimme der Göttin in ihren Gedanken zu hören. Eris protestierte lauthals, doch Amphitrite wusste, dass man sich in diesen Punkten Nemesis nicht entgegensetzen konnte.

»Wenn der Olivenbaum der Götter erblüht, so ist das Zeitfenster geöffnet, in dem die Brüder Zeus, Hades und Poseidon zur Tat schreiten und sich ihre rechtmäßigen Frauen und ihre Macht zurückholen können. Während der Zeit der Blüte können Hera, Persephone und Amphitrite zurück in ihre göttlichen Leben geführt werden und ihre alten Plätze wieder einnehmen. Nur zu dieser Zeit und zu keiner sonst. Gelingt es nicht, so ist es Eris, die den Sieg trägt.«

Nemesis erhob sich und die Welt bebte für einen Moment. Sie flog nach oben und Amphitrite streckte ihr die Hand entgegen. Die Göttin des gerechten Zornes und der Gerechtigkeit hatte ihnen eine Chance gegeben, zurückzukommen.

Doch Amphitrite wusste, dass sie erst zurückkommen konnte, wenn sie gestorben war. Sie schrie ein letztes Mal nach der geflügelten Göttin, ehe ihr Blick zu den Moiren glitt.

Lachesis spannte drei Fäden, zog diese straff und Atropos hob ihren Dolch. Sie ließ ihn niedersausen und durchtrennte die Leben der Hera, der Persephone und der Amphitrite.

Marea

Shoppen zählte wahrlich nicht zu Mareas Lieblingsbeschäftigungen, dennoch hatte sie den Tag mit Grace gut über die Runden gebracht und sich in den verschiedenen Boutiquen gar nicht so schlecht geschlagen. Sie hatte sich sogar dazu überreden lassen, das ein oder andere Kleidungsstück zu kaufen.

Am Abend waren sie noch zusammen essen gegangen und nun lag Grace völlig erschöpft auf ihrem Bett. Um sie herum waren ihre Einkaufstüten verstreut, dessen Inhalte den Boden bedeckten.

Sie war eingeschlafen, als sie gerade darüber philosophiert hatte, ob sie das gestreifte T-Shirt zu dem gepunkteten Rock tragen sollte oder nicht.

Marea war dagegen gewesen, aber sie verstand auch nichts von Mode.

Doch leider war Marea nicht so müde wie Grace und noch weit vom Schlaf entfernt. Gut, sie war auch gerade acht Stunden wach, obwohl mehrere Kaffeedröhnungen sie wacher gemacht hatten, als sie es wohl seit langem gewesen war.

So saß sie auf ihrem Bett und wusste nicht so recht wohin mit sich. Vielleicht würde ein Abendspaziergang helfen.

Marea stand auf und ging zu dem kleinen Schreibtisch, wo sie auf die Rückseite einer Quittung schrieb, dass sie sich die Beine vertreten musste. Grace sollte sich keine Sorgen um sie machen, wenn sie wach werden sollte. Zudem würde sie ihr Handy mitnehmen und Grace konnte so nachsehen, wo sich Marea aufhielt.

Marea griff nach ihrer Jacke, ihrer Umhängetasche und den Kopfhörern.

Die Tasche hing unter ihrer Jacke an ihrem Körper. Sie wollte die Schlüsselkarte ungern verlieren, die sie mitnehmen musste, um nachher wieder zurück ins Zimmer kommen zu können.

Kaum hatte sie das Hotelzimmer verlassen und die Tür hinter sich zugezogen, suchte sie nach ihrer Lieblingsplaylist auf dem Handy und steckte die Kopfhörer in ihre Ohren.

Sie musste auf andere Gedanken kommen, dringend. Die Shoppingtour hatte zwar geholfen, doch nun, wo sie allein mit ihren Gedanken war, kehrten sämtliche Emotionen zu ihr zurück. Als wären sie niemals fortgewesen und als hätte Marea sie lediglich in eine hintere Schublade ihres Kopfes geschoben.

Marea schloss ihre Jacke, als sie langsam nach draußen ging und die kühle Sommerluft ihr entgegenwehte. Mit einem leichten Lächeln auf den Lippen ging sie langsam weiter, während ein ruhiges Rocklied ihre Schritte begleitete. Sie liebte diese Musik. Sie half ihr dabei, die Gedanken zu sortieren.

Marea ging weiter und bemerkte erst etliche Lieder später, in welche Richtung es sie zog – abermals zum Hafen Athenas Marina.

Sie seufzte auf und blieb stehen.

Sollte sie dort wirklich hingehen? Sollte sie es wagen? Doch alles in ihr schrie danach, dorthin zu gehen und die kühle Luft des Meeres zu spüren. Dieses Mal würde sie besser aufpassen und nicht ins Wasser fallen, das hatte sie sich geschworen. Zudem war sie an diesem Abend auch nüchtern und konnte sich bestimmt besser beherrschen als gestern.

So schob Marea ihre Hände in die Hosentaschen, während sie langsam weiterging. Die Straße hinab Richtung Süden und mit jedem weiteren Schritt glaubte sie, das Meer besser riechen zu können.

Als Marea den Fuß auf den Steg des Hafens setzte, schloss sie einen Moment die Augen und schaltete die Musik aus. Ruhe legte sich über sie, eine Ruhe, die sie so noch nie verspürt hatte.

Doch diese Ruhe war nicht von langer Dauer und Narius schlich sich wieder in ihre Gedanken. Er war ein

Idiot, der nur Unsinn redete und sich damit bei ihr selbst ins Aus schoss.

Marea wusste nicht, was sie davon halten sollte. Vielleicht hatte Narius sie loswerden wollen und deshalb solch verwirrende Dinge gesagt? Doch das passte nicht mit dem zusammen, was er ihr entgegen geschrien hatte, als sie ins Hotel hatte gehen wollen.

Er war ihr ein Rätsel.

»Männer sind komisch«, flüsterte sie in die Dunkelheit und blickte hoch. Ein paar Sterne hingen am Himmelszelt und zu gern hätte sie gewusst, ob irgendeine Konstellation ein Sternenbild ergab. Doch leider war sie in diesen Dingen nie gut gewesen.

Ein Fiepen erregte ihre Aufmerksamkeit und sie blickte zum Wasser, wo etwas nach oben sprang.

Langsam ging sie näher heran und achtete jedoch darauf, dass sie genügend Abstand hielt. Nochmal wollte sie nicht baden gehen. Sie schaltete die Musik aus und blickte in die Ferne.

Der Wind, der vom Meer auf das Festland wehte, war kalt und doch angenehm. Dennoch war Marea froh darüber, dass sie sich an diesem Abend für eine Jeans und ein längeres T-Shirt entschieden hatte.

Wieder ein Fiepen.

Sie sah in das Wasser und blickte in zwei dunkle, treuherzige Augen eines Delfins, der schnatterte und ein wenig Wasser in ihre Richtung spritzte.

Marea musste lächeln.

»Bist du derselbe Delfin von gestern Abend?«, fragte sie das Tier und Schnattergeräusche waren die Antwort. Nur leider konnte sie nicht verstehen, was er ihr mitteilen wollte. Wieder sprang das Tier in die Höhe, spritzte sie dabei an und schwamm einen kleinen Kreis.

Was wollte er von ihr?

Marea hatte sich nie viel mit Delfinen beschäftigt und hatte keine Ahnung, wie diese Tiere sich verhielten. Sie wusste, dass sie Menschen vorm Ertrinken retten konnten und generell eher ein freundlicheres Gemüt haben sollten, doch ihre konkrete Lebensweise war ihr ein Rätsel.

»Ich würde dich wirklich gern verstehen.«

Wieder schnatterte das Tier munter und Marea musste lächeln. Er schien sie ganz genau zu verstehen, nur leider beruhte das nicht auf Gegenseitigkeit.

Langsam setzte sie sich auf den Steg, passte jedoch auf, dass ihre Füße nicht ins Wasser hingen. Einen Moment verharrte sie so, doch sie hatte ein komisches Gefühl im Magen. Sie wollte lieber nicht, dass ihre Beine über dem Wasser baumelten – wer wusste schon, was alles in den Tiefen des Meeres lauerte!

So zog sie sie näher an sich und setzte sich im Schneidersitz auf den Steg. Dabei beobachtete sie den Delfin, der hin und her sprang und ihr zeigte, was er alles konnte. Kurz überlegte Marea, zog ihr Handy aus der Tasche und filmte den Delfin, ehe sie das Video Grace schickte. Dabei zeigte der Delfin erneut, welche Tricks er beherrschte.

»Du bist ganz schön ausgelassen«, sagte sie lächelnd zu dem Tier, das sich abermals im Kreis drehte und erneut schnatterte. Dieses Spiel wiederholte der Delfin oft und Marea verbrachte fast eine halbe Stunde damit, ihm zuzusehen.

Doch dann sprang er auf seine Hinterflosse, klatschte mit den Vorderflossen und verschwand dann im Wasser.

Fast schon traurig sah Marea in das Dunkel des Meeres.

»Schade«, murmelte sie zu sich selbst. Sie hatte sich über die Unterhaltung gefreut, auch wenn sie dessen Sinn nicht gänzlich verstanden hatte.

Aber auch ohne den Delfin konnte sie die Nacht genießen. Es war noch weit vor Mitternacht und sie hoffte, dass sie bald müde werden würde. Denn die ganze Nacht konnte und wollte sie auch nicht hier am Hafen verbringen.

Marea verharrte noch einen Moment, in der Hoffnung, dass ihr Wasserfreund zu ihr zurückkehren würde. Doch das Meer gab ihn nicht wieder frei, weshalb sie seufzte und langsam aufstand.

Sie sah ein letztes Mal auf das Meer. Der Delfin hatte gewiss anderes zu tun, als sich für sie zum Narren zu machen.

Oder hatte es ihm nicht gefallen, dass sie ihm nicht zu applaudiert hatte?

Sie zuckte mit den Schultern und wandte sich ab, holte ihr Handy aus der Jackentasche und schaltete die Musik wieder ein. Sie wollte weitergehen und den Hafen hinter sich lassen.

Der Bass dröhnte in ihren Ohren, als sie wieder nassgespritzt wurde. Langsam drehte sie sich um und hatte bereits ein Lächeln auf den Lippen. Der Delfin musste zurück sein.

Doch als sie zu dem Wasser blickte, erstarrte ihr Lächeln.

Ein seltsames Wesen hob sich aus dem Wasser empor. Es war riesig, größer als die Schiffe und Yachten im Hafen, die friedlich im Wasser lagen.

Der Kopf des Wesens erinnerte Marea an einen Kraken und tatsächlich hatte es auch mehrere Arme, die aus dem Meer schossen. Es ließ sie wieder auf das Wasser fallen und erzeugte starke Wellen, die die Schiffe zum Wanken brachte. Auch der Steg wackelte gefährlich und Marea schluckte.

Sie musste träumen.

Bestimmt war sie eingeschlafen und ein schrecklicher Albtraum suchte sie heim. Zweifellos!

Marea war wie erstarrt, als sie zu dem fremdartigen Wesen blickte, das sich immer weiter aus dem Wasser erhob. Die Straßenbeleuchtung und der Mond erhellten es und sie erkannte, dass es den Hinterleib eines Pferdes hatte.

Hatte es dort ebenfalls Tentakel? Sie wusste es nicht, war verwirrt und konnte sich nicht bewegen.

Wie erstarrt verharrte sie am Steg, während das Monster die Tentakel immer wieder auf das Wasser fallen ließ und Wellen erzeugte, die nun auch über den Steg schwappten.

Erst, als sie spürte, dass ihre Hose nass geworden war, erwachte sie aus der Trance, die sie gefangen gehalten hatte. Ihre Lippen verzogen sich zu einem spitzen Schrei, der durch die Dunkelheit jagte und den sie doch sofort bereute.

Denn das Monster drehte den Kopf, starrte in ihre Richtung und ihr Blick kreuzte seinen, als es sich auf sie zubewegte und die Tentakel nach ihr ausstreckte.

Kapitel 23

as Lied veränderte das Tempus, harte Gitarrenakkorde dröhnten durch ihre Ohren, als sie sich umdrehte und in die Richtung des Festlandes lief. Marea vermutete, dass sie nicht schnell genug sein würde. Sie würde es nicht schaffen.

Immerhin wusste sie nicht, wie lang die Fangarme des Monsters waren und ob es das Wasser nicht auch verlassen konnte. Der letzte Gedanke versetzte sie in Angst und Schrecken, während ihre Beine sie so schnell trugen wie noch niemals zuvor.

Ein Albtraum.

Sie war in einem Albtraum gefangen, dafür gab es keine andere Erklärung! Wieder entwich ihr ein spitzer Schrei, als sie den Steg verlassen hatte und den Fuß auf die Hafenpromenade setzte.

Marea wagte es nicht, zurückzusehen. Es graute ihr davon, einen Blick nach hinten zu werfen und alles in ihr schrie danach, so schnell fortzulaufen, wie es nur ging.

Egal wohin, Hauptsache weg von hier!

Sie hatte nun die Hafenpromenade vollends erreicht, wollte über sie laufen, als sie etwas um ihre Taille spürte.

Wieder schrie sie auf, als sie nun doch über die Schulter blickte und erkannte, dass dieses Etwas tatsächlich nah genug an sie herangekommen war und nach ihr gegriffen hatte.

Marea schlug auf den glitschigen, nassen Fangarm ein, schrie lauter und lauter. Doch kein Mensch war hier, selbst vorhin waren nur vereinzelt Pärchen oder Gruppen zu sehen gewesen.

»Wach auf, wach auf, wach auf«, murmelte sie immer wieder zu sich selbst und kniff die Augen zusammen, die sich mit Tränen füllten.

Doch die Kraft, die sie umklammert hatte, wurde plötzlich gelockert und der Griff, der sie beinahe zu zerdrücken drohte und der sie einige Zentimeter in die Höhe gehoben hatte, war kaum zu spüren. Mit einem lauten Kreischen kam Marea dem Steg immer näher und näher. Sie kam hart am Boden auf, als der Fangarm wie tot niederfiel und ein schrecklicher Schmerz zog sich durch ihren Körper. Der Aufprall war alles andere als sanft gewesen, doch darum konnte sie sich jetzt nicht kümmern. Ein Brüllen zerriss die Nacht, als Marea sich umdrehte. Sie verstand nicht, was hier geschah.

Sie weitete die Augen.

Narius.

Was tat er hier?

Er stand am Steg und in seinen Händen lag ein Dreizack, mit welchem er offensichtlich den Fangarm vom

Leib des Monsters getrennt hatte. Ihre Atmung beschleunigte sich, als Narius kurz in ihre Richtung blickte und dann wieder zu dem Ungeheuer sah, das sich erhoben hatte.

»Verschwinde und kriech zurück in deine Höhle!«, schrie er dem Monster entgegen. Doch das Wesen ignorierte ihn und reagierte mit einem Kopfschütteln auf seine Worte. Fast so, als hätte es ihn verstanden. Fast so, als würde es so etwas wie ein menschliches Gehirn besitzen und die Worte verstehen.

»Das ist ein Befehl!«

Verwirrt stolperte Marea ein paar Schritte zurück, als Narius in das Wasser sprang. Sie weitete die Augen erneut und riss den Mund auf.

Sie wollte seinen Namen schreien, doch kein Laut rollte über ihre Lippen.

War er verrückt geworden? Doch das Wasser hob sich. Eine Welle bildete sich und Marea brauchte einen Augenblick, um zu realisieren, dass Narius auf dieser stand.

Er stand...? Konnte er wahrhaft auf dem Wasser stehen? Marea schüttelte völlig apathisch mit dem Kopf und fühlte sich, als würde alles, was sie wusste und dessen sie sich sicher war, auf den Kopf gestellt werden.

Wie konnte es möglich sein?

Ein Teil von ihr wollte davonlaufen und ein anderer Teil konnte sich nicht bewegen. Sie fixierte Narius. Das T-

Shirt, das er trug, sollte nass sein, doch das war es nicht und auch sonst wirkte er nicht so, als wäre er eben ins Meer gestürzt. Der Dreizack schien schwer in seiner Hand zu liegen und das Ungeheuer stieß undefinierbare Laute aus. Es war laut und Marea presste instinktiv die Hände an ihre Ohren, wobei sie feststellte, dass sie ihre Kopfhörer verloren hatte.

Wann das passiert war, das hatte sie nicht mitbekommen und in diesem Moment hatte sie andere Sorgen.

»Narius!«

Ein Schrei entkam ihrer Kehle, doch er reagierte nicht auf den Namen. Stattdessen sah sie, wie er den Dreizack in seinen Händen wendete und dessen Spitzen in die Wellen rammte. Wasser erhob sich vor dem Hafen und baute sich zu einer großen, unnatürlichen Welle auf.

Sie ritt in eine falsche Richtung - nicht auf die Küste zu, sondern visierte das Monster direkt an.

Als die Wucht des Wassers das Monster erreicht hatte und es ein Stück weit in die Tiefe gedrückt wurde, wandte sich Narius an Marea.

»Glaubst du mir jetzt?«

Ja, glaubte sie ihm? Mareas Gedanken rasten durch ihren Kopf. Sie wusste nicht mehr, was richtig und was falsch war. Alles in ihr sträubte sich dagegen, auch nur ansatzweise glauben zu wollen, dass Narius mit seiner

Behauptung recht haben konnte. Immerhin klang es in ihren Ohren unnatürlich und fremd.

Doch gleichzeitig wusste sie, was sie sah.

»Marea!«

Überrascht drehte Marea sich zur Seite und erkannte Grace, die über die Hafenpromenade auf sie zugelaufen kam.

»Was tust du hier?«, fragte Marea Grace, die ihre Hand um ihren Oberarm legte und sie wegziehen wollte.

Mittlerweile hatte sich das Ungeheuer erneut erhoben und schlug wütend mit seinen Tentakeln um sich, erwischte ein paar Schiffe und schlug den Steg hinter Marea entzwei.

Marea zuckte dabei zusammen und ging automatisch ein paar Schritte zurück. Grace blickte ebenfalls zu dem Monster und weitete erschrocken die Augen. Sie brauchte ein paar Augenblicke, bis sie ihre Sprache wiederfand.

»Das Video, das du mir geschickt hattest, hat mich geweckt und so habe ich beschlossen, ebenfalls zum Hafen zu kommen, weil ich gesehen habe, dass du noch dort bist! Außerdem wollte ich den Delfin selbst sehen! Die Frage ist aber gerade eher, was das für ein Ding im Wasser ist!«

»Woher soll ich wissen, was das ist? Ich habe so ein Tier noch nie gesehen!«

Grace schüttelte bestimmend den Kopf und zog an ihr, doch Marea bewegte sich nicht vom Fleck.

»Egal! lass uns verschwinden! Um Himmels Willen! Du siehst das Ding im Wasser aber auch, oder? Ich habe nicht den Verstand verloren? Das ist ein Monster!«

Marea drehte ihren Kopf und musterte das Ungeheuer erneut, das seine gesamte Wut gegen Narius richtete und offensichtlich versuchte, ihn ebenso zu zerschlagen wie die Schiffe und Stege. Ja, sie sah es auch. Und sie war nicht die Einzige.

Laute Stimmen drangen durch die Nacht und Marea war sich sicher, dass sie nicht unentdeckt geblieben waren. Die Menschen hatten von alldem mitbekommen und erste panische Schreie schwängerten die Luft.

»Ja ich sehe es auch, aber wir können nicht gehen! Narius, er braucht unsere Hilfe!«

Marea sah suchend auf das Wasser und bemerkte, wie Grace im Augenwinkel den Kopf schüttelte.

Er war nicht hier und auch das Monster war abgetaucht. Wollte Narius ihn unter Wasser locken? Doch wie sollte er das schaffen? War es möglich, dass Narius wirklich mehr war, als es am ersten Blick erschien?

»Marea! Wir müssen hier weg! Vergiss diesen Typen, wo soll er denn überhaupt sein? Und außerdem kommt ein Sturm auf! Wir müssen wirklich von hier verschwinden!«

Verwirrt löste Marea ihren Blick vom Wasser und sah sich um. Sie bemerkte erst jetzt den heftigen Wind, der an ihren Haaren riss und die Kälte, die von der nassen Hose ausging. Augenblicklich spürte sie, wie sich eine

Gänsehaut auf ihrer Haut ausbreitete und wie sie zu frösteln begann.

»Aber wir können nicht gehen! Narius ist noch im Wasser!«, rief Marea Grace zu. Sie konnte ihn nicht im Stich lassen.

»Er ist nicht hier!«

Marea verstand nicht, wieso Grace ihr nicht glauben wollte. Sie wusste doch, was sie gesehen hatte! Wieder zog Grace an Marea, doch sie stemmte sich mit aller Kraft gegen den Griff.

»Ich komme nicht mit dir mit! Narius war hier, im Wasser!«

Doch Grace schüttelte den Kopf und schien von Mareas Worten nichts hören zu wollen.

»Du irrst dich, niemand ist im Wasser! Das hast du dir bestimmt nur eingebildet, komm jetzt!«

Doch Marea war sich sicher, dass sie sich nichts eingebildet hatte. Er war hier gewesen und er hatte mit ihr gesprochen. Das wusste sie.

»Nein! Ich habe ihn gesehen und er hat mit mir gesprochen!«, entgegnete sie und schüttelte Graces Hand weg. Nur zu gut erinnerte sie sich daran, wie Narius mit seinem Dreizack eine Welle erschaffen hatte. Er musste die Wahrheit gesagt haben. Er konnte nicht gelogen haben, denn Marea wusste genau, was sie gesehen hatte.

Und instinktiv wusste sie auch, was sie zu tun hatte.

Sie drehte sich von Grace weg und ging zurück zu dem zerstörten Steg.

»Marea! Bist du von allen guten Geistern verlassen? Wohin gehst du? Komm zurück!«

Doch Marea ignorierte Graces Rufen und beschleunigte ihren Schritt. Wieder wurde die unruhige Wasseroberfläche durchbrochen. Der Kopf des Ungeheuers schoss nach oben, gefolgt von dem verunstalteten Körper.

Einen Herzschlag später waren auch die Tentakel wieder an der Oberfläche, schlugen erneut nach Schiffen, Stegen und den Häusern, die dem Wasser am nächsten waren. Doch nicht alle Tentakel waren damit beschäftigt, Zerstörung anzurichten.

Erschrocken stellte Marea fest, dass einer der Tentakel um etwas geschlungen war. Um etwas, das menschlich aussah. Als Marea sich darauf konzentrierte, rutschte ihr Herz beinahe in ihre Hose.

Narius.

Das Ungeheuer hatte ihn erwischt und hielt ihn nun ebenso in seinem Griff, wie es zuvor seine Arme um sie geschlungen hatte. Der Dreizack befand sich nicht mehr in Narius Händen, er musste ihn verloren haben. Er hatte sie befreit, sie gerettet. Sie musste dasselbe für ihn tun, das wusste sie und auch wenn sie keinen Plan verfolgte, so folgte sie ihrem Instinkt.

Marea betrat den halb zerstörten Steig und ignorierte Grace, die noch immer panisch und ängstlich nach ihr rief. Marea tat es leid, dass sie ihrer treuen Freundin das antat und hoffte, dass sie ihr nicht folgte.

Ihr Herz klopfte wie wild gegen ihre Brust, als sie ins Wanken geriet und doch sicherer auf den Beinen war, als sie es vermutet hätte.

»Poseidon!«

Zum ersten Mal hatte sie seinen wahren Namen ausgesprochen und ehe sie sich versah, sprang sie vom Steg direkt ins Wasser.

***

Wasser umhüllte ihren Körper und augenblicklich durchrang sie Kälte. Sie wartete auf die Panik, auf die Angst vor dem Ertrinken und doch kam nichts.

Ihr Herzschlag beruhigte sich und Marea bemerkte, dass sie es lang unter Wasser ausgehalten hatte. Länger als sie es sich zugetraut hatte. Vorsichtig öffnete sie die Augen, war überrascht, dass sie alles deutlich erkennen konnte. Sie blickte nach unten und konnte beinahe den Meeresboden sehen. Wie von selbst begann sie sich zu bewegen, schoss mit einer ungeheuren Geschwindigkeit durch das Wasser, während sämtliche neue Emotionen auf sie einströmten und sie in einem Strudel gefangen hielten.

Erinnerungen kamen in ihr hoch.

Ihre Eltern, Atlas und Poseidon. Demian, der sie zu Poseidon brachte und die Hochzeit. Feste auf dem Olymp und Gesichter, die sie noch nie zuvor gesehen hatte, aber eindeutig mit Namen versehen konnte.

Namen der Götter. Erinnerungsfetzen an Gesprächen mit Leuten, die sie Amphitrite nannten und von Eris, wie sie sie getäuscht und in den Tod geschickt hatte.

Ruhig verharrte sie im Wasser und blickte an sich hinab.

Er hatte recht behalten, sie war nicht Marea.

Sie war keine gewöhnliche Engländerin.

Sie war Amphitrite, Königin der Ozeane.

Eine Nereide, die ihren Platz zurückerobert hatte und die wieder erwacht war.

Die Kraft kehrte zu ihr zurück und sie spürte die Unsterblichkeit in ihren Adern pochen, als sie kehrt machte.

Zurück zu Poseidon.

Kapitel 24

Kraftvoll glitt Marea durch das Wasser, kehrte zu Athenas Marina zurück und stieß kraftvoll an die Oberfläche. Die Macht des Meeres beflügelte sie, gab ihr neue Zuversicht und neue Kräfte.

Als sie an der Wasseroberfläche war, blickte sie sich nach Poseidon um und erkannte, dass er noch immer im Griff des Ungeheuers war.

»Poseidon!«

Wieder zerriss ihre Stimme die Dunkelheit und lenkte die Aufmerksamkeit ihres Mannes auf sich. Ihres Mannes? War er noch ihr Mann? Für Marea war er es, denn als Amphitrite hatte sie ihm ewige Treue geschworen und diese forderte sie noch immer von ihm ein.

Sollte er in den vergangenen Jahrzehnten Fehltritte gemacht haben, würde sie ihn später für jeden einzelnen büßen lassen. Ohne Frage. Doch erst galt es, das Ungeheuer vom Festland fernzuhalten.

Die Menschen hatten schon genug gesehen und sie glaubten nicht mehr an Monster, die in den Tiefen der Weltritzen schlummerten.

Nun, da Marea wieder im Inbegriff ihres vollen Wissens war, war ihr klar, dass Poseidons Wutausbruch gestern Nacht ein Seebeben ausgelöst hatte. Ein Seebeben, das das Monster geweckt hatte.

Wütend, wie jedes Tier, das man aus seinem Winterschlaf riss, tobte es.

»Marea!«

Graces Rufen drang zu ihr, doch sie hatte keine Zeit, sich um ihre Freundin zu kümmern. Sie musste erst Poseidon helfen, der noch immer in den Tentakeln gefangen war.

Sein Blick traf ihren und sie nickte ihm wissend zu. Ein Lächeln erschien auf seinen Lippen und Marea beobachtete, wie er die Muskeln anspannte. Sie schluckte hart, während Poseidon sich bewegte und es schaffte, den Griff des Tentakels zu lockern. Kraftvoll landete Poseidon im Wasser, kam hart auf und doch blieb er an der Wasseroberfläche.

Marea schwamm auf ihn zu und spürte direkt seine Arme, die sich um ihre Mitte schlangen. Mit hitzigen Augen blickte Poseidon in die Ihren und nur zu gern ließ sie sich an ihn drücken.

»Du bist zurück«, murmelte er an ihr Ohr und das Ungeheuer war einen Moment vergessen.

»Ich habe dich vermisst, Liebste.«

Sie schloss die Augen, nickte wortlos und legte ihre Lippen auf seine. Augenblicklich erwiderte er den Kuss, drückte ihren Körper an seinen und fuhr mit den Fingerspitzen über ihren schlanken Rücken.

Nur widerwillig löste Marea den Kuss und lächelte ihm schemenhaft entgegen.

»Erst das Ungeheuer«, raunte sie gegen seine Lippen und Poseidon nickte grinsend. Er wandte sich dem Monster zu und Marea tat es ihm gleich. Seine Hand löste sich von ihrer Mitte und Marea spürte die Energie, die durch Poseidons Körper vibrierte und bemerkte, dass etwas auf sie zuschoss.

»Marea!«

Während Poseidons Dreizack wie von selbst den Weg zu ihm zurückfand, riss Marea den Kopf herum und starrte Grace entgegen.

Mit weit aufgerissenen Augen stand sie am Steg und brüllte immer wieder dieselben Worte, ballte die Hände zu Fäusten und schien nicht zu realisieren, was geschah. Marea verstand sie. Sie wusste besser, wie Grace sich fühlte, als sie vielleicht dachte.

Marea kniff die Augen zusammen und löste sich von Poseidon und richtete ihre gesamte Aufmerksamkeit auf Grace. Sie schluckte hart und spürte Mitleid für ihre Freundin. Es tat ihr leid, dass Grace das mitansehen musste. Dass Grace nun wusste, dass Meeresungeheuer real waren und dass sie kein Mensch war.

Marea, die mehr war, als man sah. Dass sie eine Königin war, eine Göttin, so wie ihr Gatte Poseidon. Eine Nereide der Meere.

Poseidon.

Es fiel ihr schwer, den Blick von Grace zu lösen, die aufgelöst auf dem Steg zusammengesunken war und schluchzte. Sie schien nicht fähig zu sein, sich zu bewegen und doch musste sie hier verschwinden.

Es war gefährlich für Menschen. Zwar konnte Marea gut mit Monstern wie diesem umgehen, aber für Menschen war es gefährlich.

Im Augenwinkel beobachtete sie, wie Poseidon seinen Dreizack durch das Wasser gleiten ließ und eine noch größere Welle erschuf. Eine Welle, die den Körper des Ungeheuers erneut unter Wasser drückte und die dieses Mal stark genug war, es nicht mehr nach oben zu lassen.

Poseidon hatte seine alte Stärke zurück und das Meer stand wieder unter seinem Befehl, so wie auch unter Mareas.

Mareas Blick glitt zu Grace, ehe sie zu dieser schwamm und vor ihr im Wasser trieb.

»Grace, verschwinde von hier«, zischte Marea ihrer Freundin entgegen, die sie mit tränenvollen Augen anblickte. Ein Schluchzen drang aus ihrer Kehle, das Mareas Herz erweichte. So hatte sie Grace noch nie gesehen.

»Marea, was geschieht hier? Ich verstehe das nicht!«, schluchzte Grace verwirrt, während Marea den Kopf schüttelte.

»Bitte, geh! Es ist zu gefährlich für dich, bitte!«, flehte Marea ihr entgegen, doch Grace schüttelte erneut den Kopf.

»Ich möchte nicht gehen! Ich bin deine Freundin, sag mir was hier los ist! Hatte dieser Spinner recht? Das verstehe ich nicht!«, schluchzte Grace und sank in sich zusammen. Wieder drohte Mareas Herz zu brechen.

»Ich erkläre dir später alles! Versprochen! Aber bitte! Grace! Geh!«

Doch sie reagierte nicht, schüttelte den Kopf und schien gänzlich in ihren eigenen Gedanken zu versinken. Marea schluckte. Grace war nicht imstande, zu fliehen und sie konnte sie nicht dazu zwingen.

Marea musste dafür sorgen, dass Grace in Sicherheit war.

Für Poseidon war es ein Leichtes gewesen, das Monster wieder zurück ins Meer zu bringen. Mit seinen vollen Kräften, die er wieder erlangt hatte, war er stark genug.

»Ich komme gleich zurück, versprochen!«

Mit diesen Worten tauchte Marea ab und ließ Grace, die augenblicklich wieder zu weinen begann, zurück und schwamm in die Richtung der Meerestiefe.

Es dauerte nicht lang und sie erkannte Poseidon, der noch immer dabei war, das Ungeheuer zu besänftigen, das trotzig um sich schlug. Sie verdrehte die Augen, als sie bemerkte, wie unsanft er mit dem Tier umging.

Er hatte es unter Wasser bezwungen, mit einer Leichtigkeit, die ihm in den letzten hundert Jahren nicht mehr gelungen war, doch das Beschwichtigen musste sie übernehmen. Sie schwamm auf das Tier zu und legte die Hand beruhigend auf den Kopf des Monsters. Es brummte und schlug erneut um sich.

Missmutig beobachtete Poseidon sie. Sie spürte seinen Blick auf sich, aber sie blendete ihn aus und flüsterte dem Tier stattdessen beruhigende Worte zu.

Es wurde ruhiger, hörte auf, um sich zu schlagen und Marea lächelte.

»Leg dich wieder schlafen, wir werden dich so bald nicht mehr wecken«, versprach sie dem Meeresmonster, das ihren Worten gehorchte und sich auf den Grund des Meeres sinken ließ, wo es in eine Erdritze kroch und dort verschwand.

Sie blickte zu Poseidon.

Schon immer waren sie ein gutes Team gewesen. Er bezwang den Gegner und sie entschärfte die Situation und kümmerte sich nach dem eigentlichen Kampf um jene, die ihre Zuwendung brauchten.

Wie das Meerestier.

Langsam glitt Poseidon auf Marea zu, nahm ihre Hände in seine und drückte sie sanft.

»Wie immer hast du geschafft, was ich nicht zu schaffen vermag«, hauchte er ihr entgegen und ein Lächeln zeichnete sich auf ihrem Gesicht ab. Sie erwiderte den Händedruck und nickte ihm sanft zu.

»So wie immer.«

Er lächelte, als sie seine Worte bestätigte und zog sie näher an sich, doch ganz konnte sie sich in diese sanfte Umarmung nicht fallen lassen.

»Noch können wir nicht gehen«, murmelte sie leise und Poseidon zuckte mit den Schultern.

»Die Menschen werden nicht von dem Monster berichten. Du weißt, dass sie das niemals belegen würden. Sie verschließen ihre Augen vor dem, was wirklich auf dieser Welt lebt«, wollte er sie beruhigen, doch Marea schüttelte den Kopf.

Es waren nicht die Menschen, die ihre Gedanken beherrschten. Sie würden selbst zurechtkommen und die Götter würden ihr übriges dafür tun, dass sie sich die Geschehnisse so erklärten, dass es für sie plausibel war.

»Grace.«

Poseidon verzog das Gesicht und schüttelte den Kopf.

»Auch sie wird dich vergessen, wir können ihr die Erinnerungen nehmen oder sie trüben. Du musst dir das nicht antun«, sagte er, doch Marea löste sich von Poseidon.

»Ich möchte mit ihr sprechen«, bat sie mit leiser Stimme. Poseidon grummelte und Marea wusste, dass er sich ihr nicht entgegenstellen würde. Wortlos löste sie sich von Poseidon, stieß sich ab und schwamm zurück zur Wasseroberfläche.

Sie musste nicht zurücksehen, um zu wissen, dass ihr Mann ihr folgte.

Er folgte ihr immer und dafür war sie unendlich dankbar.

Kapitel 25

Wieder tauchte Marea auf und stellte fest, dass Grace noch immer auf dem Steg verweilte. Ihre Augen waren blutrot unterlaufen und die Wangen tränennass.

Marea trieb dicht neben dem Steg im Wasser, während sie den Kopf neigte.

»Ich hätte nicht damit gerechnet, dass du zurückkommst«, stellte Grace mit tränenerstickter Stimme fest und Marea nickte.

»Ich halte immer meine Versprechen.«

Stille legte sich über sie und ein leichter Wind zerzauste das braune Haar ihrer Freundin. Die Schönheit, um die sie Grace stets beneidet hatte, war verblasst und sie sah ängstlich aus. Marea wagte es nicht, sie zu berühren.

Sie hatte Angst, dass Grace vor ihr zurückschrecken würde und Marea wusste nicht, wie sie auf so ein Verhalten reagieren würde.

»Wo ist Narius?«

»Im Wasser, unter mir. Er gibt mir die Chance, allein mit dir zu sprechen. Aber sein Name ist nicht Narius«, versuchte Marea vorsichtig zu erklären.

Grace nickte, sie schien sich langsam beruhigt zu haben.

»Poseidon, richtig?«

Marea nickte wortlos und Grace lachte trocken auf. Fast so, als hätte Marea einen schrecklichen Witz erzählt.

»Das hört sich so verrückt an«, fügte sie leise hinzu und Marea nickte verständnisvoll.

»Das ist es auch, es tut mir leid, du das alles mitbekommen hast. Du kannst mich vergessen, wenn du das möchtest. Uns alle. Poseidon, Hyas und mich. Und unseren Besucher von eben. Du kannst es vergessen oder die Erinnerungen trüben lassen, wie wir es vermutlich bei den anderen Menschen machen müssen, die uns beobachtet haben.«

Doch Grace schüttelte den Kopf und blickte sie entschlossen an.

»Nein! Du bist meine beste Freundin! Auch wenn du jetzt ein Fisch bist!«

Marea runzelte die Stirn und neigte den Kopf.

»Ich bin noch immer ich, ich habe keinen Fischkörper«, erklärte sie vorsichtig und hob als Beweis ein Bein in die Höhe. Grace grummelte.

»Aber als Meerjungfrau wärst du so hübsch gewesen!«

Marea musste lachen, denn sie erkannte Grace mit jedem Wort immer mehr wieder. Sie schien mit dem Schock besser umgehen zu können als Marea zuvor. Vielleicht, weil sie selbst nicht direkt betroffen war.

Graces Lächeln verblasste.

»Ich nehmen an, dass sich unsere Wege trennen werden«, stellte Grace leise fest und Marea zuckte mit den Schultern.

»Ich weiß es nicht. Vielleicht. Ich bin eine Nereide, eine Nymphe des Meeres. Ich bin unsterblich und ich werde auch nicht altern«, erklärte sie leise und Grace lächelte unsicher.

»Du Glückliche. Aber mir wäre das egal. Kannst du nicht trotzdem meine Freundin bleiben? Ich werde dich schrecklich vermissen.«

»Ich werde dich auch vermissen. Aber ich muss gehen, ich kann nicht bei den Menschen bleiben. Mein Platz ist woanders«, erklärte sie leise und Grace nickte.

Sie war einsichtiger, als Marea es gedacht hatte.

»Was wirst du deiner Familie sagen?«

Marea zuckte mit den Schultern.

»Wahrscheinlich nichts. Für sie wäre es besser, wenn sie mich vergessen. Vermutlich werde ich das in die Wege leiten lassen.«

Es war hart für sie, immerhin hatte sie doch auch an ihrem menschlichen Leben festgehalten. Aber sie war kein Mensch. Mit jeder Minute, die verging, wurde ihr das immer mehr klar.

Traurig betrachtete sie Grace, die sich auf den ramponierten Steg setzte.

»Du weißt, wann ich Geburtstag habe. Ich erwarte, dass du jedes Jahr zu meiner Party kommst!«

Marea neigte unsicher den Kopf und wusste nicht, worauf sie hinauswollte.

»Und zu meiner Hochzeit und Verlobung! Und einmal im Monat gibt es einen Mädelsabend im Glamour, wehe du vergisst das!«, forderte Grace und langsam verstand Marea.

»Das kann ich einrichten.«

»Das ist auch das Mindeste! Du bist meine beste Freundin, Marea. Vergiss das nie!«, bat Grace sie leise und Marea nickte.

Grace, ihre beste Freundin und ihr Schutzengel. Ohne sie wäre sie niemals hierhergekommen. Eine Traurigkeit lag in Graces Blick.

»Lass nicht zu, dass ich dich vergesse. Ich verspreche dir auch, dass ich niemandem erzähle, was passiert ist. Mir würde sowieso keiner glauben!«, sagte Grace leise.

»Wie kannst du das alles so schnell akzeptieren?«

Grace zuckte mit den Schultern. Schnelllebig war sie schon immer gewesen.

»Ich habe keine andere Wahl, oder? Das Leben geht weiter und wenn das die einzige Möglichkeit ist, dich in meinem Leben zu behalten, dann würde ich auch daran glauben, dass es sprechende Fische gibt! Die gibt es aber nicht?«

Marea lachte leise und schüttelte den Kopf, während sie ein leichtes Ziehen an ihren Beinen spürte.

»Nein, aber Grace – ich muss gehen. Es tut mir leid.«

Grace blickte sie traurig an und nickte ihr sanft zu.

»Das ist kein Abschied, übernächste Woche ist Happy Hour Day. Vergiss das ja nicht! Aber Marea… das nächste Mal werde ich viele Fragen an dich haben. Auch jetzt, was soll ich sagen, wenn ich allein heimfliege?«

Marea dachte einen Moment nach.

»Ich werde es nicht vergessen, Grace. Versprochen. Du musst nichts sagen, schon morgen wird es so sein, als hätte es mich nie gegeben.«

Marea konzentrierte sich, ließ eine kleine Welle sie höher heben und umarmte Grace ein letztes Mal, ehe sie im Meer verschwand.

»Das hat gedauert«, beschwerte Poseidon sich bei ihr, doch Marea schüttelte den Kopf. Sie war noch immer traurig darüber, dass sie ihre Freundin verlassen musste.

Poseidon bemerkte ihren betrübten Blick und strich ihr sanft über die Wange.

»Es tut mir leid. Willst du wirklich, dass dich alle vergessen?«

Marea nickte ihm zu und sah ihm tief in die meerblauen Augen.

»Ja. Alle, bis auf Grace. Es ist besser so und wir haben andere Dinge zu tun. Vielleicht sollten wir Zeus und Hades bei ihrer Suche helfen. Oder warst du der Letzte?«, fragte sie ihn direkt, doch Poseidon schüttelte den Kopf, während er sanft über ihre Haare strich.

»Nein, ich bin der Erste. Wir werden ihnen so gut wie nur möglich helfen. Aber erst sollten wir den Olymp von den Daimonen befreien. Sie haben dort eine ziemliche Plage.«

»Das kannst du übernehmen, ich möchte zurück nach Hause und alle begrüßen. Vor allem Demian, ich habe ihn so vermisst! Wehe, wenn du dich nicht gut um ihn gekümmert hast! Und dann müssen wir darüber reden, ob du in den letzten Jahren oder Tagen andere Frauen getroffen hast!«, stellte sie direkt klar und Poseidon seufzte auf.

»Vielleicht habe ich Glück und die Daimonen nehmen mich mit«, murmelte er, doch Marea schüttelte lachend ihren Kopf und küsste Poseidon sanft.

»Nein, du hast zu mir zurückzukehren! So wie ich immer wieder zu dir zurückkomme. Egal, ob das Schicksal uns trennt oder nicht«, hauchte sie leise und küsste ihn erneut.

Einen Kuss, den Poseidon nur zu gern erwiderte. Sanft wurde sie in seine Arme gezogen, schmiegte sich liebevoll an ihn und bewegte die Lippen zärtlich gegen seine. Der Kuss dauerte eine kleine Ewigkeit, eine Ewigkeit, in der Marea sich verlor und in der sie wusste, dass sie wieder Zuhause angekommen war. Langsam löste sie sich von ihm. Schnattergeräusche drangen an ihr Ohr und sie drehte sich zur Seite.

Demian umkreiste sie und Marea quietschte freudig auf. Sie schlang die Arme um ihren treuen Freund und strahlte. Als sie zu Poseidon blickte, sah sie, wie dieser die Augen rollte und laut aufseufzte.

»Dann bin ich wohl abgeschrieben«, stellte er fest und Marea grinste ihm entgegen, während sie dem Delfin einen Kuss auf die Schnauze gab.

»Wir sehen uns später, ich liebe dich«, hauchte Poseidon ihr und gab Marea einen Kuss.

»Und ich liebe dich. Lass dir nicht zu viel Zeit!«

Poseidon grinste sanft, während er sich auflöste und sich auf den Weg zum Olymp machte, bewaffnet mit seinem Dreizack.

***

Poseidon

In voller Pracht manifestierte sich Poseidon in der alten Halle des Olymps, wo Ares und Aphrodite gerade einer Unterhaltung beiwohnten, die er gekonnt störte.

Überrascht wandten sie sich ihm zu und Aphrodite grinste wissentlich.

»Du hast es geschafft, du hast sie zurückerobert!«, stellte sie fest und fiel ihm um den Hals. Poseidon war nicht überrascht, dass die Göttin der Liebe davon wusste. Solche Dinge blieben ihr nie verborgen.

Ares brummte und verschränkte die Arme vor der Brust.

»Der Muschelmann hat es geschafft. Bestimmt hast du ihr Arme oder Beine gebracht, oder?«

Ares war sich offensichtlich wirklich sicher, dass seine Methode von Erfolg gekrönt sein musste. Aphrodite schüttelte entrüstet den Kopf über die Aussage des Kriegsgottes.

»Hoffentlich nicht!«

Poseidon schüttelte den Kopf und lächelte beide an. Glück durchflutete ihn und er schwang den Dreizack in seiner Hand.

»Ich habe es auf meine Art gemacht und sie hat funktioniert. Ich sollte wohl öfters Seeungeheuer wecken!«, erklärte er und erntete dafür einen Schlag von Aphrodite.

»Aber deswegen bin ich nicht hier. Wir sollten die Daimonen loswerden. Ares, leistest du mir Gesellschaft?«, richtete er seine Worte direkt an den Kriegsgott, der mit glühenden Augen sein Schwert zog.

»Nichts lieber als das!«

Grinsend wandte er sich Aphrodite zu, voller Vorfreude für den Kampf.

»Und du... schicke Hermes mit den Wassern von Lethe zu den Menschen. Sie sollen vergessen, was heute geschehen ist und Mareas Familie soll sie vergessen. Alle sollen sie vergessen. Nur ihre Freundin Grace nicht«, befahl er der Liebesgöttin, die direkt nickte und aus der Halle ging. Die Wasser der Lethe hatte ihnen schon öfters aus solchen Miseren geholfen.

Ares brummte.

»Dann los«, befahl der Kriegsgott voller Vorfreude und Poseidon folgte ihm nach draußen. Er sprang neben Ares auf seine Position und schwang den Dreizack so wie Ares sein Schwert.

Wie Insekten vertrieben sie die schwachen Daimonen und schlugen sie in die Flucht, mit der Nachricht, dass der Olymp wieder sicher war.

Zwar noch nicht vollends sicher, doch bis seine Brüder wieder ihre volle Stärke erlangen würden, würde Poseidon für sie kämpfen.

Epilog

Amphitrite öffnete die Augen und lächelte. Zwei Monate war es nun her, seit sie ihre Erinnerungen zurückerlangt hatte und sie wieder sie selbst war. Ihren menschlichen Namen hatte sie abgelegt, zwar war sie als Marea aufgewachsen, doch sie fühlte sich mehr mit ihrem alten Leben verbunden.

Nur ihre Freundin Grace behielt es sich vor, sie Marea zu nennen, aber damit konnte Amphitrite gut leben. In den Menschenjahren hatte sie vieles gelernt und eine Freundschaft geschlossen, an der sie festhalten würde. An der von Grace. Auch mit Hyas traf sie sich noch ab und an, dieser hatte das Zusammentreffen mit Poseidon gut überstanden und war zu einem guten Freund geworden. Als Sohn von Atlas hatte er instinktiv die Nähe zu ihr und ihrer Familie gesucht, obwohl er nicht wusste, wer sie eigentlich war. Langsam freundete sie sich auch mit seiner Verlobten Helen an, die jedoch ein Mensch war. Hyas suchte einen Weg, sie unsterblich zu machen.

Wenn sie Eris Gefahr abgewandt hatten, würde sie ihn dabei unterstützen.

Sie richtete sich langsam auf und streckte sich.

Es kam ihr vor, als wäre sie niemals fort gewesen und doch hatte sie etwas gebraucht, um sich wieder einzuleben. Der Palast war ihr nicht mehr fremd vorgekommen, er war wieder zu ihrem Zuhause geworden. Lächelnd erhob sie sich, stellte sich vor den Spiegel und betrachtete sich. Amphitrite begann sich zu kämmen und setzte die Muschelkrone auf ihr Haupt, während Schritte auf dem Flur zu hören waren.

Sie lächelte, als Poseidon in das Gemach trat und wandte sich ihm zu.

»Liebster?«

Er hatte für seine Fehltritte gezahlt und sie hatte ihn lang aus dem Gemach verbannt. Gut, vier Wochen waren es gewesen, doch für einen Gott wie Poseidon, der sehr nach ihrer Nähe gelechzt hatte, war die Strafe lang genug gewesen.

»Das Meer ist sicher«, brummte er und trat hinter sie. Poseidon schlang die Arme um sie und blickte mit ihr gemeinsam in den Spiegel.

Ein Lächeln erschien auf Amphitrites Lippen. Wie jeden Morgen durchkämmte Poseidon den Ozean und versicherte sich, dass alles nach rechten Dingen zuging.

»Gut.«

Sie löste sich von ihrem Spiegelbild, drehte sich langsam zu Poseidon und küsste ihn liebevoll. Sie spürte seine Hand auf ihrem Rücken und in ihren Haaren, ehe sie verliebt lächelte.

Ihr Herz schlug wie wild und sie fühlte sich lebendig. Auch wenn die Gefahren noch nicht abgewehrt waren und sie nach Hera und Persephone suchten, fühlte sie sich in Poseidons Armen komplett.

Dort war sie sicher und dort gehörte sie hin.

Der Olivenbaum blühte noch und Zeus und Hades hatten noch Zeit, ihre Liebe zu finden und ihre Macht zurückzufordern.

Poseidon und Amphitrite würden dabei helfen, doch in diesem Moment schob sie diese Gedanken zur Seite und konzentrierte sich auf ihren Mann.

Poseidon, die Liebe ihres Lebens.

Ende des ersten Teils

Danksagung

An dieser Stelle möchte ich mich bei allen Personen bedanken, ohne die es "Der Fluch der Eris – Meeresrufen" nie gegeben hätte.

Ein ganz besonderer Dank gilt hierbei meiner Lektorin Yvonne, die mich stets mit Rat und Tat unterstützt hat. Dank ihr ist der Text so geworden, wie er jetzt ist. Ich wüsste nicht, was ich ohne dich machen würde.

Weiters danke ich meiner Coverdesignerin Kristina Licht, die meinem Buchbaby das passende Kleid gezaubert hat. Der finale Entwurf hat mich überwältigt und tut es noch immer.

Ein großes Dankeschön gilt meinem Partner Wilhelm, der mir stets Zeit gibt, mich den Geschichten zu widmen. Auch für sein Verständnis, wenn ich mich tagelang nur noch dem Schreiben und Überarbeiten widme, bin ich unendlich dankbar.

Auch danke ich meiner Mutter für ihre Unterstützung und dafür, dass sie mich stets ermutigt hatte, meinen Träumen zu folgen.

Meiner besten Freundin Jessica und meinem Patenkind Vanessa danke ich dafür, dass sie mit Begeisterung jedem meiner Bücher entgegenfiebern. Ich hoffe, ich habe euch auch dieses Mal nicht enttäuscht.

Personenregister

Amphitrite
Nereide, Königin der Meere, Gattin des Poseidons

Agaue
Nereide, Freundin der Amphitrite

Alekto
Schwester der Megaira und Tisiphone, bezeichnet als "die Unaufhörliche", eine der Erinnyen

Aphrodite
Göttin der Liebe und der Schönheit

Apollo
Gott der Wahrsagekunst, der Heilkunde, der Jugend und der Musik

Ares
Gott des Krieges

Artemis
Zwillingsschwester des Apollos, Göttin der Jagd, des Waldes, der Geburt und des Mondes sowie die Hüterin der Frauen und Kinder

Athena
Göttin der Weisheit, der Strategie und des Kampfes, der Kunst, des Handwerks und der Handarbeit

Atropos
Älteste der drei Moiren, zerschneidet den Faden

Atlas

Titan, der den Himmel trägt

Daimonen

Geistwesen, die Schabernack treiben

Dionysos

Gott des Weines, des Rausches und der Fruchtbarkeit

Eris

Göttin der Zwietracht und des Streites

Erinnyen

Die Rachegöttinnen, bestehend aus Alekto, Megaira und Tisiphone

Eros

Gott der begehrlichen Liebe

Hades

Herrscher der Unterwelt, Bruder des Zeus und des Poseidons, Gatte der Persephone

Helios

Zieht den Sonnenwagen über den Himmel, Sonnengott

Hera

Königin der Götter, Göttin der Frauen und der Ehe, Königin des Himmels und des Sternenhimmels

Hyas

Sohn des Atlas und der Pleione

Klotho

Jüngste der drei Moiren, spinnt den Faden

Lachesis

Mittlere der drei Moiren, bemisst den Faden

Lethe
Fluss der griechischen Mythologie, bedeutet Vergessen, Vergessenheit. Tote tranken von ihm, um Erinnerungen zu verlieren, bevor sie ins Totenreich übergingen

Megaira
Schwester der Alekto und Tisiphone, eine der drei Erinnyen, tritt auf aus "der neidische Zorn"

Moiren
Die drei Schwestern Klotho, Lachesis und Atropos, Schicksalsgöttinnen

Nemesis
Göttin des gerechten Zorns und der ausgleichenden Gerechtigkeit

Nereide
Im Meer lebende Nymphe

Okeanide
Meerwesen, ähnlich der Nereiden

Persephone
Königin der Unterwelt, Göttin des Frühlings

Pronoe
Nereide

Tisiphone
Schwester der Alekto und Megaira, eine der drei Erinnyen, bezeichnet als "die Vergeltung"

Zeus
oberster Gott, Herrscher des Himmels, als auch von Blitz und Donner

Nereiden & Okeaniden

Nereiden und Okeaniden sind Nymphen des Wassers. Die Okeaniden sind die Töchter des Okeanos und der Tethys. Sie sind Meereswesen, ähnlich wie die Nereiden. Die Nereiden sind die 50 Töchter der Doris und des Nereus.

Sie leben im Wasser und beschützen Schiffsbrüchige und sind Begleiterinnen von Poseidon. Sie konnten in den Wellen und Wogen, der Gischt und den Strömungen entdeckt werden, aber auch am Strand und an felsigen Küsten. Sie werden als wunderschöne junge Frauen dargestellt, ebenso wie die Okeaniden.

Poseidon

Poseidon ist der Meeresgott in der griechischen Mythologie. Seine Geschwister sind Hades, Zeus, Demeter, Hera und Hestia. Sein Machtsymbol ist der

Dreizack und sein Palast befindet sich tief im Meer, er soll den Wellenschaum und die Pferde erschaffen haben.

Als die Welt zwischen Zeus, Hades und Poseidon in drei Teile aufgeteilt wurde, fiel ihm das Meer zu, während Zeus den Himmel und Hades die Unterwelt erhielt. Die Griechen waren einst sehr von den Schifffahren abhängig, weshalb er sehr verehrt wurde. In der römischen Mythologie entspricht er Neptun.

Poseidon & Amphitrite

Es ist unbekannt, ob Amphitrite eine Tochter von Nereus, und folglich eine Nereide oder eine Tochter von Okeanos und eine Okeanide ist. Sie gilt als Mutter aller Meeresgeschöpfe, der Fische, Seehunde und Delfine. Erst wollte sie unverheiratet bleiben und nicht die Frau von Poseidon werden.

Sie flüchtete vor Poseidon und versteckte sich bei Atlas vor ihm. Allerdings schickte Poseidon ihr einen Delfin als Brautwerber und sie konnte nicht mehr länger widerstehen. Der Delfin erweichte ihr Herz und so ritt sie auf dessen Rücken zu Poseidon und ehelichte ihn.

Atlas

Atlas ist ein Titan, der den Himmel trägt. Während der Titanomachie, einem elf Jahre andauernden Krieg zwischen den Titanen und Zeus und seinen Geschwistern, stand er auf der Seite von Kronos.

Kronos war der Vater von Zeus, ebenfalls ein Titan und kämpfte gegen seine Kinder an. Sie verloren den Kampf gegen Zeus und Zeus bestrafte Atlas. Er wurde dazu verdammt, am westlichen Rand der Erde zu stehen, wo er den Himmel stemmen soll, damit dieser nicht auf die Erde fällt.

Hyas

Hyas ist der Sohn des Atlas und der Pleione. Er wurde während einer Jagd in Libyen von einem Löwen, einer Schlange oder einem Eber getötet.

Fünf seiner Schwestern starben vor Trauer, weshalb man diese Hyaden nannte und Zeus sie als Hyaden unter die Sterne erhob.

Ruf der Magie
Dämonenblut

Linnea Bennett

Aurora zieht mit ihrer Familie nach Schottland und muss schon bald feststellen, dass ihr Leben nicht das sein wird, was es einmal war.

Rätselhafte Träume, mysteriöse Begebenheiten und ihre Großtante machen es ihr nicht gerade leicht, sich einzuleben.

Als sie dann auch noch ein magisches Ritual bei Vollmond beobachtet, steht ihre Welt gänzlich Kopf.

Und wer ist dieser geheimnisvolle Mann, der ihr plötzlich im Wald gegenübersteht?

Schneller als es Aurora lieb ist, findet sie sich in einer Welt voller Magie wieder und muss einen Weg beschreiten, von dem sie sich nie erträumt hätte, ihn gehen zu müssen.

Band 1 der Dilogie aus der Reihe "Ruf der Magie".

Ruf der Magie
Dämonenfeuer

Linnea Bennett

Aurora steht vor einem Trümmerhaufen, der einst ihr Leben war. Entsetzt stellt sie fest, dass sie ihre Hexenkräfte verloren hat und ihr nur noch die Dämonenfähigkeiten bleiben.

Es zieht sie in die Unterwelt, wo sie ihren Vater, einen mächtigen Dämon, finden muss. Angetrieben von Rachsucht und Wut will sie Valaria stürzen, die ihr alles genommen hat, was ihr lieb ist.
In einem Strudel aus Verrat, Intrige, Liebe und Freundschaft muss Aurora die richtigen Entscheidungen treffen, wenn sie ihr Leben zurück möchte. Aber ist das überhaupt noch möglich?

Band 2 der Dilogie aus der Reihe "Ruf der Magie".

Märchenwaldchronik
Band 1

Lilyana Ravenheart, Alice Valeré, Linnea Bennett

Es war einmal....

So beginnen die altbekannten Märchen. Aber wer kennt die wahren Geschichten hinter diesen alten Erzählungen?

Ein Wesen, das Stroh zu Gold spinnt und als Gegenleistung das Erstgeborene der künftigen Königin verlangt. Eine grausame Forderung, hinter der mehr steckt als es scheint.

Die Hexe von Hänsel und Gretel. Alle sehen in ihr nur das Böse, aber niemand sieht den tiefen Schmerz im inneren ihres Herzens.

Ein wunderschönes Wesen mit einem Herz, so kalt und dunkel wie der Grund des Meeres. Ist es möglich, dieses Herz zu erwärmen und mit Licht zu erfüllen?

Taucht ein in die Welt der Märchenwald Chroniken und erfahrt, was es wirklich auf sich hat, mit den Figuren der altbekannten Märchen.

Mohnblütenträume

Lilyana Ravenheart

Bastet und Morpheus, eine göttliche Liebe, die nicht sein darf. Zumindest, wenn es nach dem Rat der Götter geht. So beschließt Bastet letztendlich, sich zu opfern, um in einer Zeit wiedergeboren zu werden, in der sie und Morpheus glücklich sein können.

Mehrere tausend Jahre später kehrt sie zurück – als Mensch und ohne Erinnerungen an ihr göttliches Ich. Morpheus setzt alles daran, seine Liebste zurückzugewinnen, was allerdings nicht so einfach ist. Glücklicherweise steht ihm sein bester Freund Eros, der griechische Gott der Leidenschaft, zur Seite.

Doch dann taucht plötzlich eine unbekannte Macht auf, die hinter Morpheus und Bastets Kräften her ist und alles versucht, um die Reiche der Götter zu vernichten.